# 笹井小夏は振り向かない

青田 風
AOTA Kaze

文芸社文庫NEO

# 目次

# 笹井小夏は振り向かない

# 雨の空

夢では食べていけない。夢は夢のままがいい。夢はとことん追いかける。

そんな風な言葉を知ってはいても、具体的な夢が自分にはない。夢を探すっていうことから始める状態だ。高校生にはなったけれど、夢の探し方なんてわからない。みんなはいつ知ったんだろう。それとも、探さなくても、気が付いたら目の前にあったのだろうか。

受験勉強、入試、そんなことを生まれて初めて経験して、自分の学力より少し上だけれど妥当な高校に入った。でも、高校に入っても試験があって、順位が付いた。また勉強をしてなんらかの職業を目指すという自分の未来は、もう決まっていた。

周りのイキイキした高校生とは対照的に、やる気はなくなっていったが、学校には通っていた。成績は低空飛行だけれど、四月に高校二年生にはなれた。

今日は久しぶりにチャンネルが合った。黒板に書かれているのはアルファベット、ということは、今は英語の時間である。先生が黒板に書いた日本語をぼんやりと眺めた。

『問題　【君に僕の宝物をあげる】を英訳しなさい』

キミニボクノタカラモノヲアゲル……。そもそも、キミって誰だ？　俺が宝物をあげたいくらいのキミは今どこにいる？　頭には、誰の顔も、英語も、浮かんでこなかった。

外は雨。ジメジメと陰気な空は、窮屈な教室からでは上手く見上げることができない。

チャイムの後、ロッカーに教科書を入れる。

「来夢《らいむ》、今日のところ多分試験に出るよ。俺のノート見る？　どうせ聞いてないんだろ？」

同じクラスの奈良岡宗助《ならおかそうすけ》が声を掛けてきた。

「必要なし。書いても覚えらんねーよ」

「聞いた曲はすぐに覚えられて、演奏もできるのに、勉強はダメ。成績の件で、担任に親が呼び出しを受ける。なんでかね？　やる気の問題じゃないの？」

宗助は首を傾げながら、細い目で俺の顔をジロジロと眺める。

「やる気って、俺の中のどこにあるの？　下から数えて十番以内で、毎回もれなく追試を受けて、ギリ、クリアしている俺をなめるな」

「来夢、それは自慢じゃない。マジで悩んだ方がいい。俺だったら、耐えられない」

見た目のわりに勉強はしっかりやっていて、それなりに成績優秀な宗助が、真顔で言った。

　急に、教室が遠くなった気がする。自分から授業や勉強と離れたつもりでいたけれど、置いていかれただけなのかもしれない。

「ところで来夢、購買部に行かない？」

　何が「ところで」なのかはわからないが、俺達は四階にある二年A組の教室を抜け出して、十分しかない休み時間を有効に使うため早足で購買部に向かう。

　宗助は、学校指定のミントグリーンのシャツの上に、フードのついたグレーの袖のないベストをいつも着ている。半袖のシャツ、長袖のシャツ、ブレザーを着たり着なかったり、そういったバリエーションがあるが、登下校の時は着ないで鞄の中に放り込む。そこらへんは変に律儀である。

　通りかかった教師が、宗助の後ろからフードをつまんで注意をする。

「おい、奈良岡。フードは禁止だ」

　校内ではフード付きの服は禁止。理由は、首が絞まる可能性があるから。宗助と一緒にいると、校則に詳しくなる。

「これは亡くなったひいお婆ちゃんからの、大きくなった俺へのプレゼントなので、着てあげたいんです。でも、制服にしか似合わないデザインだから、やむなし」

このやりとりは、宗助にとっても先生にとっても、儀式みたいなもので、四日に一回は聞いている気がする。

教師が去っていくと、宗助は何事もなかったように俺に微笑む。

「……なあ、宗助の宝物って何？」

「地球上のカワイイ女の子だね。いや、やっぱり食べ物……自然？　うーん、全部かな」

笑うと糸のような目になる宗助は、白い歯を見せて笑った。

宗助が笑うと、近くの女子が好意的な目を向ける。宗助が歩くと、何人かの女子が宗助を目で追う。

宗助はモテる。入学式から三日も経たないうちに同級生四人、二週間で上級生三人、と同時に付き合うことに成功した。しかし、夏休みになる直前にバレて、大騒ぎになった。

高校の近くのファミレスで、宗助と当事者の女子と部外者の女子を交えて話し合いが設けられた。宗助は、計三時間にもわたり、みんなの言葉をただ聞いていた。そして、突然パンパンと手を叩いて立ち上がり、「女の子とはしばらく付き合わない」と言い残して店を出て行ったそうだ。

それは『宗助事変』と言われ、うちの学校では知らない人がいないくらいの出来事であった。

「俺から『付き合おう』と言ったのは五人だよ。あとの二人は、違うんだよね。女の子って、面白いよね。当人よりも、外野がうるさいんだ。三時間も話したのに、どの子も同じように好きだった。結論も出なかった。それで、平等に全員と別れることにした。それだけなんだよね」

友達ではなかった宗助は、去年の夏休みにばったり道で会った時に、急に俺に打ち明けてきた。

「あっそ。大変だったな」俺はそう答えた。

「来夢って、なかなかいい奴だね」

宗助はにっこり笑った後、空を見上げ大きな息を吐いた。そして、俺達は、コンビニに行ってソーダ味のアイスを買って、それを食べながら天気の話をして、別れた。

それから、宗助と学校でなんとなく一緒にいるようになって、クラス替えをしても同じクラスになったので、やっぱり宗助とつるんでいる。

いわゆる『宗助事変』があっても、宗助が女子から好意的に扱われているのは、学校の七不思議の一つだと俺は思う。

宝物をすぐに答えられる宗助。答えられない俺。世の中っていうものは不公平なものだから、そういうのは仕方がないのかもしれない。

うちの高校の購買部は、二限目の休み時間から昼休みの終わりまで開いていて、サンドイッチやおにぎり、菓子パン、パックの飲み物がケースの中に並んでいるだけの簡易的なものだ。レジの前には、百目木《どめき》准《じゅん》が立っていた。一年先輩の高校三年生で、はっきりした顔立ちで、中身は熱い。俺達は『准さん』と呼んでいる。

「よお、来夢に宗助。偶然」

俺は、准さんの声が好きだ。少し高めの声はよく通るし、歌うと、もっといい声になる。

准さんは体育だったのか、これから体育なのかわからないが、緑のジャージ姿。よく手入れされた髪形にジャージ姿は間が抜けている。そもそも、体育なんて名前が付いた運動をしている時点で、俺達は間抜けな存在だ。

「やあ、准さん、おっはよー。銀チョコ、ゲットできた？」

宗助が口をキュッと閉じて、柔らかく微笑む。

「帰りの分もゲットした」

准さんは、ピースサインと共に、薄い茶色の紙袋を少し振ってみせた。

購買部で売られている銀色のパッケージのチョコレートでコーティングされた甘ったるいパンが、准さんの大好物なのだ。甘いものだけはやめられないといつも嘆いている。

「今日、三時半から」

俺が言うと、准さんは「いつもの場所ね」と言って歩き出した。緑のジャージは深緑色のブレザーとチェックのズボンの制服の中にすぐに紛れていった。

宗助はカレーパンとアンパン。俺はフルーツ牛乳のパックを買って、また教室に戻る。

「俺ね、最近つまんないんだよね。雨や曇りの日が多いからかね？　とにかく空虚だ」

宗助が階段をトントンと軽やかに上っていく。

「彼女でも作れば？」

「彼女？　いらなーい」

宗助は、振り向きもせずに大声で答えた。

学校の階段は、いつも一人で上っているような気がする。たいてい誰かと並んで階段を上り下りしているのに、どういうわけか、そのことはすぐには思い出せない。

フードのついた背中を追いかけるようにして隣に並ぶと、宗助が言った。

「来夢。とにかく次の試験は頑張れよ。勉強しろ……ああ、でも、適当にやればいいことを来夢は敢えて、やらないんだよな。それで、留年または退学になる。俺はすごくつまらなくなるけど、それは仕方がないことだ。来夢は天邪鬼だしね」

　宗助がいつもの微笑みで、ずしりとした軽い言葉を口にする。

「天邪鬼って久しぶりに聞く。ぐうの音も出ないな。やる気なんてどこにもないからね」

　このままなら進級も危ういと、先日の面談で担任の教師から言われた。昨日の夜の父親の怒鳴り声と母親の泣き声を思い出すと、気持ちは暗くなる。

「ぐうの音?　言い過ぎだよ」

　宗助に言われたので「ぐう」とだけ言ったが、この場合、何も言わないのが正解だった、と考え至る。

　こんな感じで流れていけば、将来なんて、なるようになるのかもしれない。結局、みんな大人になって、生活している。自分がどんな大人になるのかなんて、今は知りたくない。


　授業が終わってすぐに向かった軽音楽部の部室は、いつもイチゴ牛乳の匂いがする。小さな窓と、ドラムやエレキギター、アンプがゴロゴロしている部室。軽音楽部の活動日以外の日が、俺にとっての居心地がいい日だ。

俺はギターを手に取って、覚えた曲を弾き始める。すぐにイチゴ牛乳の匂いは消えて、頭の中の音楽だけを追いかける。ギターが一段落すると、ドラムスティックを手に取って、ドラムを叩く。

宗助と准さんがやって来て、それぞれの楽器を抱えてドラムセットの近くに座った。

「じゃあ、準備終わったら、テキトーに始めよう」

准さんが言って、俺と宗助は「はーい」と返事をする。

三人とも、軽音楽部に一応の籍はあるが活動はしていない。

軽音楽部に入れば、ギターが思う存分に弾けそうだから。家族四人が手狭に暮らすマンションではドラムなんて叩けないけれど、軽音楽部では順番を待てば叩ける。作曲の仕方を教えてもらったりして、最初は楽しかった。

俺は先輩四人に誘われるままにバンドを組んだ。でも、いくら曲を演奏しても、話し合っても、気が合うことはなく、ヒット曲ばかりをコピーしたがる先輩にうんざりして、だんだん部活には足が向かなくなった。同じ時期に、メンバーと喧嘩別れをして一人になった准さん。軽音楽部の女子部員にくっついてきてホイホイ仮入部したのはいいが、仮入部のまま、正式な活動を拒み続けていた宗助（いつの間にかベースを弾くようになり、自分の新品のベースまで持っていた）。三人で、なんとなく決めたその時の一曲を合わせるために、こうして集まっている。

准さんはボーカルとギター、宗助はベース、俺はギターとドラムを担当している。何曲かできた自作の曲を、准さんと宗助に披露したいと思う。作った曲とそれを聞かせる時の言葉は、いつも頭の中で捏《こ》ね回している。でも、口から出ない。だって、俺達三人はバンドじゃない。ただ、暇をつぶしているだけ。

でも、この三人で好みの曲を合わせていると、音楽のことしか考えられなくなる。

曲が終わる直前、シャッターの音が聞こえた。ドラムから顔を上げると、レンズの大きなカメラを首から下げた丑木凛《うしきりん》が俺の目の前にいた。スティックが左手からすっぽ抜けて、音を立てながら床を転がっていく。

「おい、来夢……。気をつけろよ」

准さんが凛をチラッと見て、ギターを持ったままスティックを拾い、俺に差し出した。

「ごめんね、准さん。手が汗で、滑った……。凛、声くらい掛けてくれよ」

「隣のクラスで、田村《たむら》来夢が未練たっぷりの元カノの凛ちゃん。今日もよろしく」

ベースを適当に弾きながら宗助が俺を見てニヤリとするので、ドラムを離れてデコピンをお見舞いする。

「声を掛けたけど、聞こえなかったんじゃない？　来夢は、すごく集中していたみたい。良い表情だったよ」

凛が、俺と宗助に向けて何回かシャッターを切った。

写真部に所属する凛は、ひと月ほど前に、写真コンテストのチラシを持って俺のところにやって来て、真剣な顔で言った。

「来夢達が楽器を演奏するところを撮らせて欲しいの。アタシを空気だと思ってもらえるまで、何枚でも撮るから、覚悟してね」

俺や宗助や准さんの返事も聞かずに、押しの強い凛はこうしてやって来る。准さんも宗助も、あまり気にしていないようだけれど、俺の気持ちはかなり複雑だ。

凛は俺の人生初の彼女で、だいたいの期間で言うと、去年の七月から十一月まで付き合っていた。クラスの違う凛とは、嫌々やった委員会が同じでなんとなく仲良くなった。

会って間もない時から俺のことが好き、という態度を隠さない凛に悪い気は全くしなかったし、付き合ったばかりの同級生カップルに引っ張られるように四人で映画に出掛け、そのあと立ち寄ったファミリーレストランのドリンクバーの前で、凛から告白された。

彼氏と彼女という関係になって、凛と過ごすのは楽しかった。遊園地でも、コンビニでも、学校の中庭でも、特別な場所に思えた。俺の言うことに笑ってくれて、俺が手を伸ばせばすぐに触れられるところに、凛はいつもいてくれた。

凛と付き合うことで、今までもやもやしていた女の子という存在が、俺にとってどんなに大きなものかを知った。凛はどこに触れても柔らかくて、抱きしめると堪らない気持ちになった。あの頃の俺にとって凛は、何よりも大事な存在だった。

それなのに、文化祭の直後に迎えた凛の十六歳の誕生日に、欲しがっていた写真集を間違えてプレゼントしたことに凛は激怒した。

俺は、凛に何度も謝ったし、写真集はきちんと買い直して改めてプレゼントもした。でも、凛は少しずつ俺と距離を置き始めた。結局、許してくれなかった。

凛は一度決めたことは、曲げないで突き通す性格だ。それを知っていた俺は、凛と別れて、凛の希望通り『仲の良い男友達』になった。

別れてから数か月経った今も、凛を見ると二人でやった色々なことを思い出す。俺は、凛のことが今も好きだと思うけれど、あの時の俺の理性は本能に負けていたのかも……、そんなことをふと考えることもある。思い出は苦い時も甘い時もあって、よくわからない。

今の俺は、言葉を選んでしまって、前みたいに凛と話せない。凛がいると、俺の周りだけ空気が薄い気がする。そのせいか、凛がいると、宗助にいつもからかわれるくらいに落ち着かない。

ギターやドラムに集中したり、考え事をしていると数分くらいは凛の存在を忘れる時があることは確かだ。きっとこれを積み重ねていけば、カメラもシャッターの音も、凛の存在も気にならなくなるはずだ。嫌だけれど、やるしかない。音楽は、俺を助けてくれるはず……。

人工的なイチゴの匂いがして隣を見ると、壁に寄りかかった准さんが、ピンク色をしたイチゴのチョコレートを口に放り込んでいた。イチゴ牛乳とイチゴのチョコレートは同じ匂い。

「今日は予備校なんだ。帰る」

宗助が片づけを始める。俺と准さんも、帰るために動き始める。

「ねえ、幽霊部員辞めたら？　軽音楽部にちゃんと言って、三人でバンド組めばいいじゃない。いい感じだよ」

凛がカメラを確認しながら言った。俺達は何も答えないで、受け流す。

「来夢って人間はね、逃げるのが得意なんだよ。准くんか宗助がはっきりさせなさいよ」

凛は、大きなため息をついた。俺達は誰も、凛の言葉には答えない。だって俺達は暇をつぶしに集まっているだけだ。

「急がないと遅刻する。ねえ、来夢、准さん、帰り道であの店のサンドイッチを買おうよ」

宗助が鞄を抱えて部屋を出る。

「宗助は急ぐのか、時間があるのか、はっきりしろ」

「あの店はサンドイッチより、おにぎりが旨いよね」

准さんも俺も、部室を出ていく宗助を追いかけて部室を出る。

凛のため息がすぐ傍で聞こえた気がしたけれど、もうどこにもいなかった。

# コロッケと家庭教師

高校を出て、電車に乗って、十五分ほど歩いて、我が家に辿り着くと、堅苦しい学校から解放されたことに安堵する。

十二階建てのマンションの六階は、可もなく不可もない。

鍵を開けてドアを開くと、雨の後のジメジメした空気を冷気が飛ばしていく。この時期にエアコンをつけるなんて、節約が大好きな母親にしては珍しい。玄関には、きちんと揃えられたヒールの低い革靴がある。来客は大人の女性。俺には無関係。

そのまま自分の部屋に向かおうとしたら、我が家の主である母親の声が飛んできた。

「お兄ちゃん、手を洗ってここに来なさい」

四歳違いの弟がいる俺は、この家では『お兄ちゃん』と呼ばれる。

「なに？」

いつもと違って珈琲の薄い香りの漂うキッチンを覗く。

「帰ってきたら『ただいま』くらい言いなさいよ」

母、田村育代《いくよ》はいつも俺のなにかに怒っている。だから、黙ることにする。

「ほらね。言った通りでしょう？　この子、不愛想で、無口なの。今度のテストで成績をちょっとでも引き上げて、それを継続してもらって、このまま高校三年生に、欲を言えば大学生に、きちんとした社会人に、なれますように。それが私の今の切実な願い。こんなこと言うのは恥ずかしいけれど、藁《わら》にもすがる思いで先生にお願いしています」

母のよそ行きの声を、来客の女が首を振って曖昧に否定した。

「お邪魔しています」

小柄で小さくまとまった感じの女は、おかしなタイミングで言葉を発した。大人というよりは、大人のふりをした高校生の女子という感じ。

「こちらがお兄ちゃんの家庭教師のササイコナツさん。理学部の化学専攻でS大学四年生なの。すごいでしょう？　国語数学英語に理科社会も、試験科目全部を教えていただけるんですって。私の友達の娘さんの知り合いなのよ。今日から試験まで週四回、一時間半。よろしくね」

母親は、俺に向かってきっぱりと言った。俺の家庭教師……？　しかも、金持ちっぽい大学名も、リケジョの響きも、苦手だ。

「家庭教師って、聞いてねえ。勝手に決めるなよ」

言った途端に、母親のきつい視線が飛んできたので睨み返す。

「……とりあえず、息子さんとお話をしてみてよろしいでしょうか？」

ササイコナツの視線は、俺をしっかりと捉えた。目が合っているのに、そんな気がしない。身体を透過して骨を見るような、レントゲンみたいな視線に少し戸惑う。

「お願いします。じゃあ、子供部屋にどうぞ。お兄ちゃん、案内して」

母親は、俺と弟が共同で使う部屋の方向を手で示した。『子供部屋』という響きはもう似合わないと思う。いい加減にその呼び方を変えろ、といつもは言う。今日はぐっと我慢した。

「いえ、部屋には入られたくないお年頃ですし、息子さんと外に行ってきます。あとは、教科書を持っているよね？　見たいから持ってきてね」

ササイコナツは母親と俺を交互に見た。教科書はロッカーにしまったまま、そう答える前に、母親が「いつも学校の鞄はペラペラなの。きっと置き勉ってやつです。お恥ずかしい」と小さくなって答える。

「ああ……。では、一時間ほどで戻ります。行ってきます」

ササイコナツは立ち上がって黒いショルダーバッグを肩にかけた。

ササイコナツの後ろ姿を眺める。うなじのあたりでまとめた髪、淡いオレンジ色のトロリとした長袖のブラウスに紺色のスカートの組み合わせは、やや時代遅れの感じを受ける。玄関で茶色い革靴を履いて丁寧に頭を下げてドアを開けたササイコナツが後ろを向いている少しの間、俺は横を向いて母親を睨んだ。

笑顔を張り付けた母親は、俺の肩を掴み、ぐっと顔を寄せてきた。口紅のついたいつもよりはっきりした母親の顔が近づくのがなんだか気まずい。

「お兄ちゃん。聞きなさい。今日のおかずは『箱崎肉店』のメンチカツよ。食べたいでしょう？　ササイ先生と一緒に頑張って成績を上げなさい」

母親が子供の大好物を押さえるとは、やり口が汚い。反論しようとしたら、またすぐに低い声が続く。

「高校を退学になったら、朝から晩までアルバイトをしてよね。そして、どこかで正社員になってきちんと働きなさいよ。うちには遊ばせる余裕なんてないからね」

担任教師の言葉がショックで仕方がないらしい母親に押されるようにして、玄関を出された。もう戻ることはできない。俺は仕方がなく、かかとを踏んでいた靴をきちんと履き直した。

エレベーターを待っていたササイコナツの斜め後ろに立つ。一六九センチの俺より背は数センチ程度低いくらい。かなり小柄な女だと思っていたが、結構大きい。きつくまとめられた髪とうなじが目に入る。ピアスもネックレスも見当たらない。個性もなく、地味な女。

「じゃあ、田村来夢くん。駅前に出ましょうか」

振り向いて、俺を見た顔は、意外にも可愛い顔立ちだった。でも、よく見ないと可愛く見えない。不思議過ぎて、ササイコナツの目を覗いてみたが、無感情で無機質なあの視線とあたるだけ。

目を大きく見せるアイラインとか、くるんとしたまつ毛とか、プックリした唇、艶々のリップとか、ピンク色の頬とかがあれば、アイドルとしてそこそこ人気が出そうな顔になるのに、このササイコナツはそれをしない。可愛くなる努力をしない。

「田村来夢くん。あまりお母様を心配させないようにしないとね」

天辺を下に向けた三角が描かれたボタンは点灯しているのに、ササイコナツは何度も押す。その指にはやっぱり指輪やネイルがない。

なかなか来ないエレベーターとササイコナツとの無言の時間。俺の中でずっと抑えているイライラが顔を出してきた。

「お母様って呼ぶのはやめろ。俺はあんたなんか認めない。あんたはどういう経緯で俺の家庭教師になったんだ？　誰の知り合いだ？」

思ったことを口に出す。気に入らない相手には遠慮もなにも必要ない。

「私が思っていることを言わせてもらいますね。まず、一点目。今だけはお母様の呼び方を、お母さんにします。二点目、私をあんたって呼ぶのはやめてください。先生って呼ぶのも気味が悪いからパスします。でも、笹井さんって呼ばれるのも『さ』が多くて嫌。名前とさん付けが私は一番好きです」

　ササイコナツの淡々とした口調にも、俺の前に突き出されるピースサインにも、不快で叫びたくなる。

「知らねー。うるせーよ。勝手に決めんな」

「三点目、私は田村来夢くんのお母さんの知人の知り合いではない。正確には、お母さんが知り合いを通して私の大学の同級生に頼んだけれど、条件があまり良くなくて時間的にも無理だから、私に回ってきた。私はそれを引き受けただけです」

　今度は俺の方にしっかりとスリーピースを出しながらササイコナツは言い切った。

「どうでもいい。とにかく誰だって嫌だし、家庭教師なんていらない。俺には勉強なんて必要がない。テストも適当にやって切り抜ける。今までもそれでやってきたんだよ」

　このままいくと担任の先生が言ったように、成績不良で夏休みは毎日補習を受けることになる。覚悟しているから、余分な勉強はしたくない。なにより、相談もなく自分のことを親に決められるというのが、たまらなく嫌だ。

「四点目を付け足します。今月分の料金は先にいただいている。だから田村来夢くんが断ることはできない。突っかかってきても意味がない。この会話はお互いに時間がもったいない。田村来夢くんが試験の成績を上げれば私は必要ない。ちなみに、私は男子高校生が好きなわけじゃない。田村来夢くんはタイプでもない。恋愛感情を持つ予定もない。余計な心配は必要ない。私は勉強を教える以外のことは、田村来夢くんにはしない。田村来夢くんは勉強するより他はない」

右手で右の耳たぶを引っ張りながら、家庭教師は「ないない」と歌うように繰り返して、やっと到着したエレベーターに乗り込んだ。

「さっきから、俺の名前をフルネームで呼ぶのは止めろ。あんたに名前を呼ばれると、気分が悪いんだよ。どうせ、柑橘系の名前だとか思って、バカにしているんだろ？」

後を追って入った窮屈な空間には、俺とササイコナッツだけしかいないので大声で吐き捨てた。ササイコナッツは、何も聞こえないような素振りでエレベーターの階数表示を眺める。

俺は自分の名前が嫌いだ。寛次郎《かんじろう》と育代の子供なのに、俺は『来夢』と名付けられた（ちなみに、弟は『来智《らいち》』といって、自分の名前が賢そうで好きといつも言う）。そ小さい時に、誰かから『ライム』が果物の名前だと聞かされた時から嫌になった。そして、ライムを齧《かじ》ってからは、その味にウンザリしてさらに嫌になった。そして、今は夢がないのに夢という文字を持つ自分の名前が、さらに嫌いだ。

「田村来夢くんの名前はしりとりみたいで面白いからいいと思う。ちなみに、ライムにはクエン酸が含まれているから疲労回復効果がある。さらに素敵な名前だと思います」

「うるせーよ」

「そこまで自分の名前が嫌いと言うならば、私はあなたを『田村くん』って呼ぶことにします。私のことはコナツさんでいいからね」

やっぱり変な間で、ササイコナツが言葉にする。

エレベーター内の熱くて重たい空気と、かすかな油のにおい、沈黙。エレベーターの扉が開くのが待ち遠しかった。

マンションを出ると、ササイコナツはフラフラとした足取りで駅とは反対方向に歩き出した。「おい」と五回呼んで、やっとササイコナツは振り向いて戻ってきた。

「私は『おい』という名前じゃない。今後の田村くんのために言っておくんだけど、年上の人間にはさん付けが好ましい。次から『おい』とか『あんた』って呼んだら二百円の罰金ね。それと、田村くんは穴掘りフクロウに似ているね。よく言われるでしょう？」

ササイコナツは鞄から扇子を取り出すと、扇ぎ始めた。

扇子を取り出す時に、鞄からチラリと見えた封筒と、母親の文字。漢字で書くとササイコナツは笹井小夏だとわかった。

「……わかりました」

今この女を突き放して帰ってしまったら、面倒なことになるのは確実だ。今日は絶対にメンチカツが食べたい。それだけが今の俺を支えている。

「まあ、素直でよろしいこと」

何か言いたげな顔を見せて、笹井小夏は耳を引っ張っている。この感じの悪い家庭教師を、とにかく追い出そう。

ジワリと浮かんできた汗を拭いながら、俺はそう決意した。

# コアラとココア

学校から駅に着いて、そのまま駅を通り過ぎ、人気のない裏道に入る。薄汚れた看板を掲げ、暑苦しい緑色のカーテンをぶら下げている喫茶店に入る。

最初は入るのにも気後れしていたが、四回目にしてすっかり慣れてしまったアンティーク調の家具が並んだ店内を見回す。笹井小夏は決まった席には座らないので、探すのに毎回やや苦労する。視線を走らせると、最も奥の席に、その姿を見つけた。

俺が目の前に座ると、座ったまま笹井小夏は深くお辞儀をする。

「こんにちは。ご足労いただきました。では、よろしくお願い致します」

「また、それ？　毎回同じことやって、あんたはロボットかよ」

毎回のことに、うんざりする。俺の言うことを無視した笹井小夏は、鞄から問題集を出してテーブルに重ねていく。相変わらず初めて会った時と同じ髪形に同じ服装だ。前回、笹井小夏に向かって、「うんざりするから違う服で来い」と言ったら、笹井小夏は、「服を選ぶ労力を使いたくない。家庭教師にそういうオプションは必要ない」

と答えた。そうは言うが、俺は、笹井小夏がこの一着しか服を持っていないのではないかと疑っている。

「今日も教科書は持っていないでしょう？　それで、私が用意した問題はやりたくないんでしょう？　これならいいでしょう？」

右手で右耳を引っ張りながら、笹井小夏は左手で問題集を指さした。あの変な挨拶をしたらキャラが急に変わるのも、毎回でうんざりだ。

一応、俺の前に積まれた問題集を確認するふりをする。どれもこれも、富士山とか鳥居とか湖とか、アニメのキャラクターが表紙になっている。勉強すると机に縛られてどこにも行けないからせめて頭の中で観光しとけ、カワイイ絵なら興味も持つよね、ってところだろう。ありふれた大人のつまらない考えだ。砂に埋めたくなる安直さだ。

「あとはツテを使って、田村くんと同じ学校に通っている子に試験範囲を聞いた。とにかく、ポイントだけ頭に入れてよね。まず、どっちからやる？　きっと返事しないから現代文をやる」

俺に構わずに問題集を開くと、笹井小夏は現代文の説明を淡々と始める。

聞く気のない説明は右から左、左から右に受け流されていく。俺の貧乏揺すりで、テーブルがカタカタと音を立てる。

メイド服のような制服を着た年配の店員がやって来て、説明は中断された。アイス珈琲とホットココアの注文を、丁寧過ぎるくらい確認すると、離れていく。

「さっきからずっとお腹が痛い。帰るよ……」

お腹に手を当てて、顔をしかめる。これまで頭痛、歯痛、右手の腱鞘炎《けんしょうえん》を理由に勉強は途中退席をしている。毎回、適当な言い訳をして帰る俺を、笹井小夏は引き止めないで、ただ見送る。そして、そのことを母親には報告しない。俺は時間を潰して、勉強をしたふりをして家に帰る。母親には怒られることもない。だから、今日もそうする。腹痛だから帰るだけ、母親と自分のためにどこかで時間を潰すだけ。

俺がいつものように立ち上がったら、笹井小夏が手を伸ばして、俺の手首の上あたりを押さえた。

「この手はなに？　一応、あんたは先生なのに暴力はいいの？　未成年に暴力なんて、マズイよね？　訴えるよ」

大抵の大人が嫌がる、半分笑ったような顔でそう言っても、笹井小夏の表情は変わらない。ただ何も見ていないような視線を俺に向けているだけだ。

笹井小夏のこの視線に当たると、俺はどういうわけかゾッとする。考えていることを読まれているような気になる。そんなわけがあるはずないのに、俺は一刻も早くどこか遠くに離れたいと思う。それは、俺のせいじゃない。笹井小夏が悪いんだ。

腕を振っても、笹井小夏の指はしっかり絡みついて取れない。腕にはどんどん指が食い込んで、制服の長袖のシャツの下が指の形に痛くなってきた。

「訴えるって言うけれど、どこに訴えればいいか知っているの？　きっと知らないで言っているんでしょう？　それと、もし知っていても自分ではなんにもやらないんでしょう？　大人を馬鹿にして自分が上に立った気になっても、自分が窮地に立たされると自分が子供だってことに甘えるんでしょう？　誰かを無意味に傷つけて、いい気分になれると思うの？　その考え、すごく甘いんじゃない？」

笹井小夏のいつもより低い声は、淡々と俺に問いかける。俺は何も答えられない。

「ほら、答えない。そんな風な人間が、誰かを脅して屈服させることにたまたま成功しても、気分なんて良くならない。空っぽのままよ。その虚しい気持ちに気が付かないと、ずうっと空っぽ。あなたはそれでいい。でもね、私はあなたのご両親からお金をもらっている以上、きっちり働く。あなたは私の邪魔をしないで。なんでそんなに贅沢で、傲慢なの？」

力を込めて俺の腕を握りしめた後、笹井小夏はやっと手を離した。

「贅沢って意味不明ですけど？　頭は良いのにね……」

悪態だとわかっている。でも、俺にはそれしか言えない。

「そもそも、頭が良いってどういうことなのかな？」

笹井小夏が、首を傾げた。

「……知るかよ」

まだ掴まれているような感覚が残る腕を擦る。袖をまくると、笹井小夏の指の痕は赤く、しっかりと残っている。

「お待たせいたしました。ココアのお客様はこちらでよろしいですか?」

店員が来たので、渋々腰を下ろした。ノートと問題集の間に、ココアとアイス珈琲、ミルクピッチャーとガムシロップが丁寧に並べられる。

「ねえ、このココアに描いてあるコアラ。ココアとコアラのダジャレかな?」

俺の前に置かれたココアをじっと眺めてから、笹井小夏はゆっくりと人差し指を出した。

変わらずネイルも何もない人差し指の先にはラテアートがある。

クリームにココアパウダーで描かれた妙に穏やかなコアラの顔にも、コアラが描かれるようなココアを注文してしまう自分にも舌打ちしたい。笹井小夏に、俺が子供だということを示してしまった気がする……。迂闊《うかつ》だった。笹井小夏に言われたことが、耳から離れない。

その感情を隠すため、俺は一番取りにくいところにある英語の問題集を自分の方に引き寄せた。勉強をするにはこの店のテーブルは小さ過ぎる。一口飲んだだけなのに、カップの中のコアラはしわしわと萎れていた。それが嫌で、コアラがいなくなるようにココアを勢いよく啜《すす》って、飲み込む。

何に負けたのかわからないが、俺は負けた。

「英語をやるのね。わかりました。それと、罰金八百円追加です」

自分のアイス珈琲を一口飲んで、笹井小夏はやっぱりおかしな間で話す。

やぶれかぶれのまま、英文に視線を走らせる。

「キミニ、ボクノタカラモノヲ、アゲル……」

どういうわけなのか、それが口から出た。

慌てて残りのココアを飲んでやり過ごそうとしたが、キミニボクノタカラモノヲアゲルという文章は頭の中で繰り返され続ける。あの時の一文は英語にも変換されず、頭の中に残ったままでいるらしい。ため息と一緒に髪の毛をぐしゃぐしゃとかき回す。

「I will give you my treasure. それが『君に僕の宝物をあげる』という英訳。留学をしたことがないから発音が良くないのは申し訳ない。それはここに書いておく。だから田村くんは、この問題を解いてください。これが例文。辞書を使っていいからとにかく自分で考えて」

ノートに英語の走り書きをしながら、笹井小夏は使い込んだ感のあるコンパクトな辞書を俺の方に滑らせた。

俺は、問題を読む。日本語を英語に変換しようと脳が動いているのを他人事のように感じる。

俺はこれから英語の勉強をする。この憎たらしい笹井小夏と、残りの六十分間をここで過ごす……。今日は、それでやるしかない。仕方がない。

笹井小夏が掴んだ腕が、熱くて痒《かゆ》くて、そっと手を当てた。

# シロワニの考え

小テストをやって、間違えた問題をとにかく細かく検討する笹井小夏との二時間弱の時間には心底辟易《へきえき》している。この前、漢字のテストで「へきえき」が書けなくて、何回も書かされて覚えさせられた。だから、もう間違わずに書ける。

「もう、無理。これ以上は脳が受け付けない」

そう伝えたら、笹井小夏は無表情に「わかりました。考えましょう」と答えた。

笹井小夏には、俺のなにかがわかったらしい。今日はコアラココアの店でなく、大井町駅の改札口に呼び出された。

俺は、行かない選択肢を最後まで検討したが、結局、時間を八分過ぎて待ち合わせ場所に着きそうだ。少し早く着いて笹井小夏を待っているなんて、カッコ悪いことは避けた。

今日はいつもとは違うラフな格好で、頭のてっぺんあたりで髪をまとめた笹井小夏が、改札を出た俺のことを見つけたのがわかった。笹井小夏は俺から視線を外すと、近くで人を降ろしたばかりのタクシーに向かって手を高く上げた。

俺は仕方なく早足でタクシーの傍に行く。俺が乗り込む前にドアが閉まりそうになって、慌てて窓を叩く。

後部座席になんとか乗り込むと、笹井小夏が行き先を告げる。俺は、笹井小夏の横顔を凝視する。

「どこに行くって?」

「だから、水族館」

俺の方を見ずに答える笹井小夏の鼻のラインを見て、俺は大袈裟にため息をついた。

タクシーの中はうっすらと、煙草と整髪料が混ざったにおいがする。キツイ香りの整髪料なんてカッコ悪い。窓を開けたいが、タクシーの窓は開けていいのか、運転手に断らなくてはいけないのかがわからない。普段、バスや電車しか乗らなくて、タクシーに気後れしている自分にため息が出る。

信号で停まった窓の外に、せかせかと歩く人と薄いグレーの空が見える。

深い青のシャツに柄物のロングスカートの笹井小夏は窮屈なのか、しきりにシートベルトを弄《いじ》っている。

笹井小夏が支払いをしている間に、俺はタクシーを降りる。【しながわ水族館】と書かれた親子のイルカの看板が立っている。

「田村くんが遅刻するから、無料バスに乗れなかった。遅刻は社会的に信用をなくす行為です。以後気を付けていただきたい」

　ポケットからチケットを二枚出して、笹井小夏がヒラヒラ振って見せた。

「なんで俺とあんた、じゃなくて……二人でこんなところに行くの？　俺と二人？」

　顔をしかめて、ため息をつく。

「田村くんは自暴自棄で自業自得なんだけれど、気の毒だからこうした。このチケット、母親のものなんだけれど、今月中に使わないといけないからちょうどいいじゃない」

　笹井小夏は俺の後ろの何かを見ながら答えた。

「何がちょうどいいんだよ……」

　あまり目が合わないのはいつものことだ。ウンザリしていることをアピールしたくて、俺は何度目かの大きなため息をついてみせた。

　水族館に入っても、笹井小夏とはなにも話すことがない。

　動く魚をただなんとなく眺めて歩く俺のことを全く見ないで、笹井小夏は無表情で水槽を一つ一つ覗いていく。

　仕方がなく、笹井小夏がスゴロクの駒みたいに進んでいく速さに合わせて歩く。小さな子供を連れた夫婦、イワシ、ウミガメ、メモを取る男、ミズクラゲ、テッポウウオ、デンキウナギ、制服の高校生カップル、ゴマフアザラシ、マゼランペンギン……。色々な魚の名前も人の姿も、俺の頭には何も残らずに流れていく。

一緒にいても話ができない人間と水族館に来ることは、ただ辛い時間だ。今日、よくわかった。笹井小夏が凛だったら、何度か、そう頭に浮かんだ。

出口に近いところで、初めて、笹井小夏の口元に微笑みのようなものが浮かんだ。

「シロワニ。ねえ、この魚、ワニだけどサメだって。ロレンチーニ器官があるのね」

シロワニという名前のサメは、大きな体でただ水に浮かんでいるように見える。何が面白いのか、笹井小夏は顔を近づけて目を少し細めた。

「イルカのショーで、イルカが跳んで餌もらうのを見た方がまだマシだ。こんなところで何をするつもり？　あん……じゃない。いったい何を考えているわけ？」

全く動かないままシロワニを眺めている笹井小夏を横目で確認して、俺は壁に寄りかかってスマホの画面を見る。

「私が何を考えているか？　それは、このシロワニには歯は何本生えているのか。サメの歯は生え変わるっていうけれど、口の中には何列歯が控えているの？　このフォルムは宇宙船みたいでなかなかいい。あと、未分化の脳があって本能があるだけ？　獲物を捕らえて食べて、満足したら寝るのかな？　マグロみたいに半分の脳ずつ寝るの？　あとは、泳いでいるこの水はしょっぱいの？　触ったらサメ肌なの？　食べてみたらどんな味？　この水槽はアクリルかなあ？　そういうことを考えている」

笹井小夏という人間は、日常でたまに遭遇する『不思議ちゃん』と言われる人間らしい。誰かと違うことに自分の価値を見出して、ひたすらに変わった人間を演じることで自分を確立する。世の中に一定数存在するうちの一人なんだ……。

「くだらない」

きつい言葉が口から出ても、構わない。

「シロワニかあ……。とっても良い。家で飼えたらいいな」

うっとりと聞こえる笹井小夏の言葉に、ため息で返事を返した。

スマホを開く。友達からの緊急性の全くない連絡、一度も会ったことのない芸能人の熱愛のニュース、それらをチェックしていたら、水槽につけた後頭部からひんやりと冷たくなってきた。

「では、行きましょうか。駅までは今度こそバスに乗る。タクシーは学生には分不相応。その意味わかる？『敷居が高い』は一般的にまちがった用法をされることが多いから、それとは区別してね。みんな大好きだよね、それ」

俺のスマホを指さしてから、笹井小夏は出口に向かって歩き出した。笹井小夏のロングスカートは、ずっと迷彩柄だと思っていた。でも、今じっくり見ると色とりどりのゴリラの顔がちりばめられているとわかる。この柄はひどく悪趣味で見ているとげんなりする。

そして、ブウフソオー？　敷居？　言葉がわからない自分にも腹が立つ。

電車を二回乗り換え、高校の沿線上にある各駅停車の駅で降りた。

時計を確かめると駅から十六分経過。高架下を抜けて裏通りに入っていく。整備工場やガラス工場や診療所などが並んでいたのに、急に派手でゴチャゴチャとした店が現れた。店の前には間抜けな顔の熊の銅像が、赤い日傘の刺さった工事用ヘルメットをかぶっている。

熊のヘルメットに書いてある文字は【古着と雑貨　ANNY】だ。店内にはたくさんの洋服と客の姿が見える。外観はおかしいが、わりと繁盛しているようだ。

「ここが、本日の課外授業の最終地点になります」

笹井小夏は『アニー』の脇の細い階段を上っていく。階段の途中に【小春日和】という緑色の文字と茶色い珈琲カップの絵だけのシンプルな金属製の看板が打ち付けてあった。

ロングスカートからちらりと見える白いソックスと紺の底の厚い靴は、木製のドアの中に吸い込まれるように入っていった。

笹井小夏の靴と同じ色の【CLOSE】の文字を眺めて、不信感が沸き上がる。そもそも、俺達はこんなところにお茶を飲みに来る間柄ではない。なにかが、おかしい。

嫌なら、帰ればいい。そう決めてドアを開けると、澄んだ鈴の音が響いた。ケーキのような、甘い香りが漂う店内には誰もいなかった。笹井小夏の姿も消えている。

白で統一された衛生的な雰囲気の店内には、木製のイスとテーブルが並び、レジの横のガラスケースには、アクセサリーが並ぶ。壁には、額縁に入った優しい色合いの抽象画が二つ、対になって飾ってある。女の子が喜びそうな店である。

でも、この店はどこかちぐはぐで、間が抜けている。俺の立つすぐ横の壁に【アルバイト募集　詳細は店長まで　小春日和】と筆で書かれた、長年営業している定食屋みたいな張り紙が貼ってあるからだろうか。なんだろう……。

俺は首を傾げる。

いくら余計なことを考えても、見回しても、笹井小夏はいない。

入ったところから出ていっていないのだから中にいるのだろうと思い、窓際の席に座った。

窓からテラス席が見える。床はオリーブ色とクリーム色の二色で好き勝手に塗られているような配色だ。真っ青なベンチが一つ、真っ赤な椅子が二脚、黄緑の椅子が二脚、ピンクの椅子が一脚。白と黄色の丸テーブルがそれぞれ一つずつ、置いてある。

色が氾濫していて、目がおかしくなりそうだ。

急に、ストンと理解ができた。ちぐはぐな理由は、窓の外はカラフルでよくわからないガラクタの集まりのようなのに、室内は落ち着いたカフェなのだ。だから、変に感じる。

「お待たせ。田村くん」

振り向くとオレンジのエプロンをした笹井小夏が立って俺を見ている。笹井小夏の視線を感じると、俺はなぜかあの時につかまれた腕をさすってしまう。

「あんたは、違う。えーっと、この店でバイトしているの？　なんで俺をこんなところに連れてきたの？」

「ここは今から田村くんのバイト先になるから連れてきたの。コハルちゃん、もういい？」

笹井小夏は誰もいないカウンターに向かって、少し大きな声を出した。

カウンターには仕切りのようなものがあり、そこからひょっこりと背の高い男の人が顔を出した。

美少年というのはかなり昔の話だろうけれど、そんな感じの顔つきの、背が高くてしっかりとした肩幅の男性が、笹井小夏と同じエプロン姿で現れた。

「もう、店では店長って呼んでよ。お隣、失礼します。君が田村来夢くん？　初めまして、僕は柿本《かきもと》隆二《りゅうじ》。でも、僕のことはコハルって呼んでね。僕は来夢くんって呼ぶよ。日曜は必ず入ってくれるなんて助かるなあ。週三回はお願いしたい。夏休みはもう少し多く入ってね」

柔らかい話し方が、隣に座る距離感のなさが、なんとなく怖いので身体をずらす。

こっちがコハルであっちは小夏。紛らわしい。

「俺はアルバイトなんてやらない。この人が勝手に言っただけ」

斜め前方に座ってただこちらを眺めている笹井小夏を指さした。

「人を指さしたら失礼にあたる。二度とやらないでね」

笹井小夏はお盆を俺に向けてから、クリアファイルに入った紙を俺の前に出した。

何も書いてはいない履歴書だと思ったら、保護者の欄には田村寛次郎の署名捺印があった。

「家庭教師の料金は息子のアルバイト代で払うって、一昨日あなたのお母様から言われました。だから、ここで働いてもらいます。決定事項」

笹井小夏はそう言って、立ち上がると奥に消えていった。

言葉を失って、隣に座るコハルさんを見た。コハルさんはにっこりと笑顔を返してきた。

「成績が上がれば、家庭教師は必要ない。お金のためにも、勉強して」

笹井小夏はすぐに戻ってくると、湯呑を各自の前にゴトンと音を立てて置いた。

自分の前に置かれた魚へんの漢字ばかり書かれた湯呑を見て、父親の顔が浮かんだ。

四日前の夫婦喧嘩。今朝、父親が俺と弟の部屋に来て、俺の肩を叩いて「頑張れ」と言ってきたこと。出掛ける時に、玄関で俺を見送りながら母親が「お兄ちゃんは自業自得だよね……」と呟いたこと。その理由が一気にわかった。

バイクに目がない父親が、『運命の出会い』をして、新しいバイクに買い換えたのだ。あと先のことも考えず一括で購入したのだろう。同じ理由での我が家の財政危機は、今までにも何度か経験がある。

「バイク、また、あの親父か……。なんで俺が、バイトなんてしないといけないんだよ……。帰る。ふざけるな」

やっと、色々なことが繋がった俺は、テーブルを叩いて、立ち上がった。コハルさんが、俺の肩を抑えるようにして、俺を椅子に戻す。

「差し引いて余ったアルバイト代は、来夢くんのものになると聞いているよ。悪い話ではないと思うよ。怒る前に、考えよう」

「そうなの……？」俺は、コハルさんを見る。

「あれ？　私、さっき言わなかったかなあ？」

笹井小夏は白々しく首を傾げた。笹井小夏は意地が悪いと改めて思う。

「働けば来夢くんの取り分は増えるよ。頑張ろう。来夢くんは、アルバイトは初めてかな？」

イライラしている俺は、コハルさんにそのままの姿勢で首を振った。

友達と一緒にアンケート調査をやったことがある。挨拶やマニュアルを見ながらの気持ちの悪い練習、練習通りに声を掛けたのに嫌な顔ばかりされたこと、張り付いたような自分の笑顔は誰に必要なんだろう、そう何度も思った。給料明細を見て、愛想良く働いても不愛想でも日給はきっちり振り込まれることに気が付いた。そして、自分の価値はこんなところにはないと思って、すぐに辞めてしまった。

「では、うちの勤務内容を説明するから聞いてね」

コハルさんが話し始めた。見かけや今までの雰囲気とは違う、理路整然とした説明をするので頭にスイスイと内容が入ってきた。

時給は高くもないけれど、なんだかんだで賄《まかな》い付き、それに暇そうだ。割と条件は良い、しかも自分のお小遣いが増える。このバイトはやって損はなさそうだ。

結論を出した俺は、出されたお茶を飲んで顔をしかめた。梅こぶ茶だ。喉の渇きがおさまらないままボールペンを手に取り、テーブルの上に置いてある履歴書に書き込む。

趣味・特技はギターとドラム、得意な教科は図工。持っている資格は英検四級、性格は天邪鬼、これは宗助の意見をそのままいただいた。

戻ってきた笹井小夏とコハルさんの二人は時折顔を見合わせながら、歴代総理大臣の顔が描かれた湯呑と、横綱の名前が書かれた湯呑で梅こぶ茶を飲んでいる。

「性格が捻じ曲がっているという自覚があるというのは、よろしい。でも、履歴書には書かない方が良い。図工って高校生もあるの？」

独り言みたいに言ってから、笹井小夏は時計を眺めた。透明な丸いガラスプレートに数字だけの時計だが数字が芸術的に曲がっていて読みにくい。

「じゃあ、今日から三か月は研修期間ということになる。わからないことは何でも聞いてね。あとは、小夏ちゃんから聞いているけど、いきなり暴れたり、脱いだりするのだけは我慢してね。ロッカールームではなにをしても大丈夫だよ。普段無口なのは歓迎するよ」

コハルさんは今までの笑みを消して、真面目な顔をした。

「暴れるとか、脱ぐって……俺が？」

呆気に取られた。笹井小夏の微かな口元の笑みを見て、ピンとくる。コハルさんに嘘を吹き込んだ笹井小夏を睨む。

「今日から田村くんは、空き時間に勉強をすることにします。これから店が開く。ロッカーが奥にあるからエプロンをしてきて」

笹井小夏は、梅こぶ茶を飲み干してから立ち上がった。

「大丈夫。僕達は望み通り、仲良くなるよ」

見当違いのコハルさんも、酸っぱくてしょっぱい梅こぶ茶を飲み干すと立ち上がった。

# 範囲

俺の試験が近いことを非常に気にしてくれているコハルさんは、店長なのにいつもおずおずと俺に仕事を頼む。

掃除や下ごしらえ、客にはレモンの入った水を出して、飲み物と料理を運ぶ、レジを打つ。それらは特に難しいことはないので、すぐにこなせるようになった。

誰かに聞かれたら「バイトは楽だよ」と答えるだろう。でも、その楽の中には苦や嫌といった出来事も含まれている。

例えば、今、俺は熱いスープと冷たい飲み物を運んでいる。それなのに、足元には二歳にもならなそうな小さな子供。何が楽しいのか、床をゴロゴロと転がっている。子供を避けようとして、進路変更をしても、なぜか子供は俺の足元に来る。

「あ、すいません。りっちゃん、危ないよ」

そうやって子供の母親は俺に謝る。そして、一緒にいる友達と目を見交わして「私は注意しましたよ」と無言の確認をしてから、また話し始める。

こんな小さな子供に「危ない」と言うだけでわかるわけがないだろう？　除菌シートで子供の手を念入りに消毒するなら、床を転がらせるなよ……。

声にも表情にも出せないイライラを抑えて、無表情で頭を下げて席を通り過ぎる。

「お母さんって本当に大変ですね。ボクが席につくの、おじさんが手伝おうかな？　すっごく熱いから、おててに気をつけて。では、ごゆっくりお過ごしください」

床を転がる子供を抱き上げ椅子に座らせたコハルさんが、ドリアと子供用のお椀とスプーンをそっとテーブルに置いて母親に微笑むと空気は変わる。微笑みで世界を変えることはできないけれど、嫌な空気を変えることができる。それを俺はここで知った。

コハルさんはどんなに暇でも多忙でも、淡々と仕事をこなし、余計なことは言わない。嫌な客が来ても、しつこく口説かれても、何があっても穏やかに微笑んで丸く収める。

お客さんとコハルさんのやりとりは、俺の未熟な人生経験値を少しだけ引き上げる。コハルさんはきっと彼女の欲しいものを間違えないし、別れた後も綺麗に付き合える。俺はコハルさんみたいな大人になれたらいいな、と思う。

客がいなくなると、俺の勉強の時間だ。

笹井小夏が俺に勉強を教え始めるタイミングはすごく突然で、客が会計を始める少し前に「勉強」と声を掛けてくる。俺がやっと勉強に集中し始めると、どういうわけか客が入ってくる。そして、笹井小夏はラジオの電源を切ったみたいに言葉の途中でも構わずに中断する。俺の勉強は、宙ぶらりんで切り落とされる。

「おい、俺がせっかく勉強しているのに、それはおかしいだろ。始める時も、おかしい。なにもかも、おかしい」

「私は『おい』という名前ではないし、田村くんの甥っ子でもない。罰金二百円」

笹井小夏は俺の反応にだいたい同じようなセリフを返しながら、メニューを持って客の方へと歩き出す。

「またかよ。アイツ、ふざけるな」

俺が毎度のことに苛立ちを抑えられずにいると、やっぱりコハルさんが俺を厨房に呼んで、皿洗いや簡単な調理や、ゴミ捨てといった単純な作業を頼む。

それは、俺だけに向けられた気遣いだと思っていたけれど、コハルさんは笹井小夏にもひどく気を配っていると気付いた。

笹井小夏がコハルさんにムッとすると、感情を表に出さないコハルさんが一瞬だけ表情を変える。その顔は、コハルさんが傷ついたことをハッキリと物語っている。

それに気が付いたら、なぜか俺は笹井小夏に苛立つと、コハルさんの顔色を窺うようになった。

歪んでいたベクトルは、もっと歪んで、歪んで、俺は笹井小夏が悪態をつかないように、自分の態度を少しだけ変えるようにした。そうすると、イライラが少し収まった。

そして、今まで見えていなかったことが見えてきた。

高校の教科書を読み直していたり、どうするのがわかりやすいかとコハルさんに相談していたりする姿。俺がわからないのは自分の教え方が悪いから、と必ず言う潔さ。嫌な客が来たら俺を遠ざけるさりげない優しさ。俺が問題を自力で解けた時に見せる微かに嬉しそうな顔、色々な笹井小夏の姿……。

当たり前に向けていた牙が恥ずかしくなっていたそんな時、学校の先生に褒められた。小テストで初めて○を六個もらった。他の生徒なら褒められないことだけれど、それはなんだか嬉しくて仕方がなかった。そして、その嬉しさを真っ先に伝えたい相手は小夏さんだった。

俺は本当にカッコ悪いなと思って、苦しくて恥ずかしくて、時を戻したいと切実に思ったけれど、そんなことできなかった。だから、自分を改めるしかなかった。

今の俺は、素直に勉強を小夏さんに教えて欲しいと思っている。やる気は以前の三倍くらいある。

それなのに、本日二回目の英語の勉強を始めてから四分で客が来てしまう。

「それで、この場合が前にやった関係だいめ、いらっしゃいませ」

小夏さんは言葉をぷつりと切ったまま立ち上がる。その潔さに俺は呆れながら【関係代名詞のどれかを使え】、途切れた言葉をとりあえず補完して、ノートに書き留めた。そして、ノートと参考書をしまってから、仕事をするために立ち上がる。

バイトが二十時三十分に終わると、「未成年は守る義務がある」という理由で俺の一メートル後ろを必ず歩いて駅まで送ってくれる。断っても、拒否しても、決まっている。

今日は立ち止まって小夏さんを振り返った。小夏さんは俺の顔を見て不思議そうに首を右に傾けた。今日は軽く束ねただけの髪が、少し遅れて揺れる。

「試験に出るって言っていた英語のあの問題の答えは？　家庭教師の仕事、放棄するなよ。いや、その……、俺に勉強を教えるのは、仕事だよね？　きっちりやって欲しいんだよ」

「田村くんが自分で考えてから、解き方や答えを教える。それが私の仕事」

小夏さんはいつもの通りにきっぱり言い切った。

「じゃあ、こういうことでいいの？　……小夏さん」

初めて、小夏さんと呼んでみた。ずっとタイミングを窺っていたから、俺はそれなりに緊張している。でも、小夏さんは無反応でじっと俺を眺めている。

　俺はその場で鞄からノートを取り出して、答えを書き込みながら歩こうとした。でも、上手く書けなくて結局、立ち止まる。俺の横で、首を伸ばして覗き込んでいる小夏さんにノートを差し出した。

「……ここの順番が違うだけ。ほぼ正解。もう一個、例題も書いておくから、これはやってみてね。それと、このページは全部。シフトは明後日？　その時にね」

　小夏さんはポケットから赤ペンを出して俺の答えに「↔」を書き入れてから、サラサラと問題を書き込んで、そのまま歩き始めた。

　暗い赤地に白や茶色の水玉に見えるフリルのついたロングスカートだが、よく見ると水玉ではなく和風の猫が丸くなっていた。上は赤い唐草の模様のブラウスといった奇抜な小夏さんの服だが、この辺の景色になぜか溶け込んで見える。

「ちょっと待った。ねえ、待ってよ。小夏さん、止まって、ストップ」

　なぜ俺がこんなことを言わなければならないかと言うと、小夏さんは駅に入ると改札に続く下水道のマンホールを踏んで「じゃあ、気をつけて」と手を振ると、振り向きもせずに足早に帰っていくと決まっているからだ。

「こんなペースで試験に間に合うの？　俺、落第するかもしれないんだよ。今日は一時間も勉強していないし……」

　これは、俺の本音だった。高校生じゃなくなると、俺はどうなるのか見当もつかない。俺には、できることがない。

「今まで全く勉強をしていないんだから、週四回で一時間ずつでもやったら大したものでしょう？　田村くん、渡した問題集を勝手に進めても構わないんだよ。田村くんのペースに私が合わせるんだから。それで、わからないところを私に聞いて。電話番号とメールアドレスはお母様にお伝えしてあります」

小夏さんは、ひどくつまらなそうに見える表情でマンホールを踏んだ。

いつもの「じゃあ、気をつけて」に「電車の中でも、勉強はできる」と付け足して、くるりと向きを変えて迷わず帰っていく。

取り残された俺は、改札を抜けて、各駅停車の電車の中で問題集を広げて空欄を埋めた。わからなくなったら、スマホの中に小夏さんの説明の続きを探した。それでもわからなくて、母に連絡して入手した小夏さんのメールアドレスにメッセージを送った。

すぐに小夏さんから返信が来た。

最寄り駅に着いて、家に帰るまで英文のことを考えた。そして、家に着くと、疲れて寝てしまった。

次の日になって、俺は通学電車の中で少しの勉強をして、学校で真剣に授業を聞いた。先生が何を言っているのかがわかって、俺がわからないところがハッキリした。

学校が終わると、バイトに向かう。

客がいなくなると、小夏さんがカウンターに向かって歩き出す。

俺は、小夏さんが座る前に、用意しておいた勉強セットをカウンターに置いた。小夏さんが少しだけ口角を上げたのが見えて、最後まで残っていた頑なな気持ちがすっかり解けていくのがわかる。

「試験範囲だけ終わらせたい。間に合わないのは困るんだよ」

俺は小夏さんの目を見た。小夏さんは瞬きを二回すると、カウンターの中のコハルさんに言った。

「コハルちゃん、脳にいい食べ物をちょうだい」

「はいはい。昨日のアップルチーズタルトがあるから、食べてくれると助かるな」

コハルさんは、笑顔で奥の厨房に消えていった。小夏さんは、ぐりぐりと拳で問題集に開く癖をつけながら俺に差し出した。

「今日は、日本史ね。全部とにかく覚えてよ。語呂合わせとかコハルちゃんの方が得意だから、コハルちゃんに聞いてね」

「小夏さんは、きっちり仕事をやるんじゃなかったの？　結局、人任せってことだね」

俺の言葉を、小夏さんは綺麗に無視をした。俺は笑って問題集にとりかかる。

勉強をしながら食べるコハルさんのアップルチーズタルトは程よく甘く、シャキシャキとした歯ごたえの残るリンゴとチーズのバランスは絶妙だ。

「これ、本当に美味しいのに、どうしてみんな食べないのかなあ」

すごく残念そうな小夏さんの言葉に、俺も日本史の問題集に書き込みながら大きく肯《うなず》く。食べる度に、このタルトの知名度がいたって低いことを残念に思う。

「美味しいものは、この世にたくさんあるからね。埋もれてしまう。でも僕は君達に褒められてとても嬉しいよ」

コハルさんが俺の問題集を覗き込んで、小夏さんから赤ペンを借りて丸を付けてくれる。

嬉しい誤算ということになるのだろうか、俺は今、なんだか楽しい。

# 夏休み

テストの結果は良好だった。俺にしては、の話。

「驚異的飛躍。私有能家庭教師」

結果を見てそう言い切った小夏さんには呆れるが、両親のご機嫌は麗しいし、夏休みが学校の補習で潰れない。年末までの家庭教師の延長を母親が頼んで、小夏さんが承諾をした。小夏さんと関わっていられることを、俺は素直に喜んでいる。

一学期の終業式を終えて、まだランチの用意をしているはずの開店前の『小春日和』に制服のまま行く。ロッカールームで制服を脱いで、置いてある着替えのTシャツと黒のチノパンに着替え、オレンジのエプロンをつけた。

小夏さんが眠そうな顔でカウンターに座って、ランチに使う食材の下ごしらえをしている。小夏さんの今日の服は、形はごく普通のシャツとフレアスカートなのだが、それぞれが色違いの魚柄になっているので相変わらずの服装に見える。背中までの髪は、キラキラと光る繊維の赤いシュシュで軽く束ねられている。

「こんにちは」

「手伝いに来たよー」

ドアが開いて、宗助と准さんが顔を出した。二人とも制服だ。

「手伝いって何？　……先に帰ったんじゃなかったの？」俺は驚く。

「帰ったふりして、来夢の後をつけていた。一目散にバイトに行くなんて、素直になって良かったよ。それに、俺達は昨日もここに来たんだよ。コハルちゃんが暇があったら手伝ってよって言ったからね。今日は手伝いに来た。ね、小夏ちゃん」

准さんが、小夏さんに笑顔を見せる。小夏さんは微笑んで、立ち上がる。

五日前に二人は興味津々で来店して、注文した珈琲以外に、賄いのご飯を提供してくれた気前のよいコハルさんを、准さんも宗助も「コハルちゃん」と呼んですっかり慕ってしまった。

話の流れで、「美容院が子供の時から苦手。すぐにでも行かなくちゃいけない。でも、できれば行きたくない」そうやってこぼした准さんの髪の毛を、小夏さんが切ってあげるという不思議な展開になって、さらに小夏さんが意外なほどの器用さを見せて、いい感じの髪形に仕上げたことで（面白がった宗助も切ってもらっていた）、すんなりと二人は小夏さんとも仲良くなった。

俺が反抗していたあの期間は、何だったんだろう……。自分のことを蹴っ飛ばしたい。何度も思った。

「じゃあ、これに着替えて。サイズは合うよね？　洗濯済みだから綺麗だよ。エプロンは私の替えを貸してあげるね」

小夏さんは、俺のバイト用の着替え（店で洗濯をしている）を二組抱えて持ってきた。

「小夏さん、それは俺の着替えだ。勝手に出すなよ」

「ロッカーの外に置いてあった。私物はロッカー内に入れるという約束を破ったんだから、文句は言えない」

小夏さんはきっぱりとした口調で返す。

「おはよう。本当に手伝ってくれるんだね？　嬉しいなあ。やりたいことが結構あるんだ。よろしくね」

コハルさんが顔を出して、こっちに手を振った。二人はさっさとロッカールームに入っていった。すぐに准さんが、今日は固めていない前髪をかき上げながらロッカールームから出てきた。

「准くん、働くなら前髪はそれではダメ。私のヘアゴムかヘアピン使っていいよ」

小夏さんが呼び止める。

准さんが椅子に座って「またお願いしていい？」と言うと、小夏さんは肯いて、准さんの前髪を触り始める。

そんな小夏さんと准さんを見るとソワソワした気持ちになって、俺は目を逸らした。

「なあ、来夢。小夏ちゃんって、面白いよね」

宗助がエプロンの紐を後ろ手に縛りながら、俺に話しかける。

「まあ、面白いと言えば、そうなるけど……」

「小夏ちゃんって、ずっとお母さんの髪を切る係をさせられていて、美容師さんに教わりに行ったことまであるんだって。それに、本当はスマホを持っているけどほとんど家に置いていて、ガラケーを主で使っているって知っていた？　キャーキャー言わないし、しょっちゅう写真も撮らないし、落ち着いていて、面白い」

宗助はウンウンと肯いて、小夏さんのところに行ってしまう。

確かに、小夏さんは食べる時、写真を撮ったりしない。美味しそうに食べないし、ガラケーしか持っていないし、なにか起きても騒がずにじっと観察する。

「小夏ちゃん、インスタントの珈琲もらう。これ、俺専用カップだから置いておく」

宗助がカエルの顔が描いてあるマグカップと、小夏さんの私物のインスタント珈琲を顔の横で並べて軽く振る。小夏さんは手で「どうぞ」と示す。

「ねえ、小夏ちゃん、夏休みだし、暇はあるよね？　来週、友達が狙っている女の子と遊園地に行くんだけど、その子が三対三希望で、そのうちの一人は俺じゃないと嫌だって言うんだよ。そういう三角っぽいダブルデートってことだけど、俺と一緒にどうかな？」

宗助は、小夏さんに好感を持っている。好意でなく好感だと俺は思う。一緒にいると、俺は気が休まらず、小夏さんの顔色を窺ってしまう。宗助の気持ちは俺とは全く違う……。そして、今もまたそわそわとした気持ちになる。

「宗ちゃんの言っている意味がよく解らない。高校生と遊園地に行けばいいの？　予定などを考えさせてください。それと、大学は留年が決まっている、でも、卒論はある。中途半端で居心地が悪い。どうしたものか」

小夏さんは、ぼんやりとテーブルを眺めている。小夏さんは宗助のことを「宗ちゃん」と呼ぶこと、来年も大学生であること、も初めて知る。

そして、遊園地に行く約束をすんなり提示できる宗助に焦りと敗北感をはっきり感じてしまっている。俺はやっぱり、小夏さんを……。

その思いと並行しながら、高校卒業まで俺の家庭教師をずっと小夏さんがやってくれるのでは、と考えて、俺は嬉しくなっている。

「留年するから小夏ちゃんは来夢の家庭教師の延長ができたってことか、普通はもうそんな余裕はないよね。でも、これから就職活動があるから大変でしょう？」

准さんは、引き出しから自分用らしい黒いマグカップを取り出して、インスタント珈琲を淹れ始める。准さんの長めの前髪は細い三つ編みで器用に編み込まれていて、いつもと違った様子でかっこよく見える。

珈琲の匂いを吸い込んで、そっとため息に変える。准さんの言葉と、肯いた小夏さんを見て、俺は今までも含めて、甘かったのだと苦く悟る。

「私は性格が不安定な田村くんの成績を、このまま安定させたいって思っていて、延長できて良かったと思ってはいる。忙しいっていっても、時間はあるからね」

小夏さんが答えた言葉で、俺は急に嬉しくなる。自分に尻尾がなくて良かった。ぶんぶん振り回すところだった……。

「性格が不安定って、なんだよ。小夏さんには、言われたくない」

なんとか会話に参加しながら、手を洗ってニンジンをすり下ろす。

こうして大量にすり下ろしたニンジンと、コハルさんのメモ通りの調味料を入れていくと、お客様に好評のドレッシングができ上がる。

「では皆さん、本日はよろしくお願いします。小夏ちゃん、この本が厨房にあった。休息も必要だよ。やっぱり、寝ていないんでしょう？　睡眠中に成長ホルモンやメラトニンが分泌されるんだからね」

厨房からやって来たコハルさんが、分厚い本一冊と薄い冊子を三冊カウンターの上に置いた。

「コルチゾールがたくさん出ているから私は眠れないの。これは自分では仕方がないんだよ。コハルちゃんは、心配をし過ぎている」

小夏さんは、本当にどうでもよさそうに本を受け取って、ロッカーに消えた。

こういうコハルさんと小夏さんの会話は、俺には意味がわからない。でも、難しい本を読み、『小春日和』のアルバイトをこなす合間に俺に勉強を教えていることは、わかった。

「そうだ、今日の賄いはテラスで食べよう。日光を浴びると、睡眠が促される」

コハルさんは、拍手をしながら厨房に入っていった。昔、水球をやっていた背の高い後ろ姿はなぜか嬉しそうだ。

見栄えも良くて柔らかい物腰のコハルさんは、すごく良い彼氏になるだろう。でも、小夏さんの態度にも視線にもコハルさんに対しての距離が伝わる。

自分のことを好いてくれる完璧な人を追い払うなんてことがあるんだろうか。俺みたいな、勉強もできない、将来も決まっていない、性格が不安定と思っている高校生を選んでくれる確率は、何パーセントあるのだろう。

問題が正解した時に小夏さんに縦長の赤丸をもらうと嬉しい自分と、小夏さんの表情に気を配って一喜一憂している自分に気が付いてから、まさかと思っていた。でも、今日の自分を顧みると、もう認めるしかない。

「では、准くんと宗ちゃんはテラスの掃除を手伝って。このところ砂ぼこりがすごくて、困っていたの。田村くんは、ドレッシング作ったらコハルちゃんのお手伝いね」

　小夏さんがモップとバケツを運んでくると、准さんがモップを持ち、宗助がカーテンとドアを開ける。

　強い日差しが差し込んできて、小夏さんの少し癖のある髪を照らしてビールみたいな色に変える。

　これから夏休みが始まる。

おみなえし

小夏さんの名前が『小春日和』のアルバイトの名簿にはない。

それに気が付いたのは准さんで、来春から専門学校に行くことは決めているが、映像関連にするか、音響関係にするかまだ迷っている。それをコハルさんに相談している時に、たまたま書類を目にしたらしい。

「小夏ちゃんは手伝ってくれているだけだよ。無給。こことは違うところでアルバイトをしているよ。それも、言っていないの?」

コハルさんは驚いて、小夏さんが『小春日和』の最寄り駅のビルの中にある【指圧・マッサージの店　嬉々楽々】で働いていることを准さんに教えてくれたという。

俺は、何一つ知らなかった。小夏さんは秘密主義だ。

俺はなにも教えてくれない小夏さんに不満を持っているせいか、この頃は小夏さんと必要なこと以外、言葉を交わせなくなっている。拗《す》ねている自分が嫌いだ。

アルバイトから帰る時間になって、俺はコハルさんから、小夏さんのアルバイト先に手作り弁当を届けるお使いを頼まれた。「材料が余っちゃったから」そう付け足したコハルさんは、俺が小夏さんを気にしていることをきちんと見抜いているようだ。

　今日は兄の誕生日のお祝いがあるから十九時までに帰らないといけないと言いながらも『小春日和』に遊びにきた宗助と、俺は一緒に駅に向かって歩いた。

　小夏さんが働く『嬉々楽々』は、飲食店が入っている古びたビルの四階にあった。

　店の中に入ると、冷房のひんやりした空気とアロマの香りがする。店内のアチコチに足裏とか腰痛、寝違え、痩身、そんな文字が散らばっていて、骨格標本やツボを示した点々だらけの気の毒な人体模型も置いてある。

「客に来て欲しいならば、もう少し整頓した方がいいよね」

　店内を珍し気に見回す宗助の声が大きくてヒヤヒヤしていたら、医者のような上着にズボンを穿いたオジサンが出てきて、俺達を怪訝そうに見る。

「笹井小夏さんに用事があって……」

　俺が伝えると、オジサンはすぐに「笹井さーん」と呼んだ。

　すぐに、オジサンと同じ格好で、出会った時と同じようにうなじのあたりで髪をまとめた小夏さんが出てきた。紫の靴下に赤い健康サンダルを履いている。

「これ、コハルさんからだよ。こっちが、本当のアルバイトってこと？」

　俺がお弁当の入ったバッグを差し出すと、小夏さんは少しだけ困った顔でお礼を言った。

　宗助が小夏さんに色々質問をして、大学生活と夜間の専門学校の生活を同時にスタートさせたこと、一年ほど前にマッサージの資格を取ったことがわかった。

「この仕事が私にはどうしても必要な気がしたけど、それとは別に大学では興味があることを勉強したかったんだよね。留年はしたけど……。ねえ、こんな話しても何も生まれない。まだ、お客さんは来ないから眼精疲労と肩のマッサージしてあげる。時間ある？」

「ある。でも、一時間もないんだ。でも、俺は絶対に小夏ちゃんのマッサージ受けたい」

　即答した宗助に小夏さんは微笑んだ。その微笑みは俺には向けられない種類の微笑みで、俺の胸がチクッと痛む。

　保健室みたいな薄緑のカーテンが並ぶ中、明るい黄色のカーテンに囲まれたベッドのあるところに入った。

「このカーテンの色は、私の部屋だけオミナエシの色になっている。特に理由はない、たまたまそうなっただけ。ここに寝てね」

　小夏さんが示す、丸い穴が空いているベッドに宗助が戸惑っていると、小夏さんが、うつ伏せになって顔を入れるように指示する。律儀に断ってから手をウェットティッシュで拭いて、わざわざコンタクトを取って、鞄から出した眼鏡を枕元に置いた宗助は、うつ伏せに寝た。

宗助の肩に小夏さんがタオルをかけると、マッサージが始まった。ひゃー、うおっ、あー小夏ちゃん、とかふざけて言っていた宗助はすぐに静かになる。

二十分後、ピッとタイマーが鳴った。

「終わりましたよ。お疲れさまでした。宗ちゃん、お水をどうぞ。田村くんもどう？」

こっちを見る小夏さんに、首を振って断った。小夏さんに触れられる準備は全くできていない。

「受けろ。来夢」

宗助が髪の毛をくしゃくしゃにしたまま、俺を椅子から無理にどかす。

渋々立ち上がって、穴に顔をはめて、目を閉じた。小夏さんの手のぬくもりが、首や肩を移動する。マッサージなんて自分には無関係だと思っていた。それなのに、すぐに「あー、天国」というどこかの爺さんの顔が浮かんだ。そして、肩叩き券を作って渡すとすごく喜んだいつの頃かわからない母親の顔、腰に乗ってガシガシ踏んでやると呻いた父親の声……。

小夏さんの指は、俺が気付いていなかった肩や首の錆びた薄い膜をはがしていく。

タイマーが鳴っても、少しの間、小夏さんが「左肩がカチカチだね。楽器かなあ」とさすってくれた。堪らなく気持ちがよく、幸せになる。

「終わりました。お水をどうぞ」

「秘密主義って、面倒な主義だよ……」

表情を整えて穴の空いた枕から顔を上げて立ち上がると、差し出された紙コップのぬるい水を飲み干した。

「これから予約客が続くから、コハルちゃんのお弁当、嬉しいな」

俺の言葉には答えずに話す小夏さんは、意外にもこの店では人気があるらしい。コハルさんは離れていても小夏さんを喜ばすことができるのだと思う。

「……帰る。宗助、起きろよ。兄貴の誕生日会に遅れるぞ」

椅子で眠ってしまった宗助の腕を引っ張って、背負うように立ち上がらせる。

「家族で誕生会なんて、俺のお嫁さんが大変だって、女子によく言われる。意味がわからないよ。関係ないから……」

何とか目を開けて、宗助が立ち上がると、まっすぐに小夏さんを見た。

「そう言った女の子は、宗ちゃんが好きなのね」

小夏さんは宗助に水を差し出す。その表情は柔らかくて優しい。

「俺は小夏ちゃんが好きなんだよ。その子は関係ない」

宗助の突然の告白を、小夏さんは無表情で受け流した。宗助も何もなかったように欠伸《あくび》をして、水を飲み干し、紙コップをゴミ箱に入れてスタスタ歩き出した。

　俺達がエレベーターに乗るまで、小夏さんは気の毒な人体模型の隣に立って手を振っていた。小夏さんは、いつもよりずっと不安そうに見えた。

　ビルの外に出てぬるい風にあたると、身体はだるさを感じた。

「マッサージを受けるとトイレに行きたくなるね。ギリ平気だ。良かったー」

　急にシャキッとした宗助は、スマホを取り出して電車の時間を調べると、安心した顔を見せた。眼鏡の宗助はすごく真面目そうに見える。

「なあ、さっきのことなんだけど、宗助は小夏さんのこと、本気で好きなの？」

　率直に聞いた。宗助は俺にはなにも隠さない。いつも素直に答えてくれるはず。

「うーん、小夏ちゃんは真面目に受け取らないし、俺もふざけている。でも言葉にはしておこうと思って言っている。そもそも、俺は女の子とはしばらく付き合わないと決めている。これは不思議な現象だよ。俺は真面目なのかな？　これは恋ではなく、愛なのかな……。考えなくてはならないなあ。じゃあね、来夢」

　宗助は、眼鏡をかけ直して、急いで行ってしまう。

　宗助に手を振りながら、すれ違ったサラリーマンのネクタイの薄い黄色を目にして、急に思い出す。「オミナエシ」は秋の七草の『女郎花』だということと、源氏物語の話をしていた時に、小夏さんが口にしていた袖口からのぞく重なり合った着物の話も思い出した。

覚えていたことも、忘れていた記憶を引っ張り出したことも、不思議に思う。俺の中には、自分でもよくわかっていないものが入っていて、蓄積されている。

俺の知識になっていた小夏さんの言葉を、頭の中で繰り返す。

今、女郎花色のカーテンの中で、小夏さんは誰の疲れをはがしているのだろう。小夏さんの疲れは、誰が癒すのだろう。

俺であればいい、でも、違う。明白な事実だ。

なぜだろう。すごく、すごく息が吸いたい。苦しくて、何度も息を吸って確かめる。

# ホット、またはアイス

夏休みだから、と鏡の中の自分に何度も言い聞かせる。

五月の連休に買って、引き出しに入れっぱなしのドラッグストアのビニール袋を取り出す。家族が寝静まった深夜二時の洗面台は、いつもとは別の場所のようだ。

鏡を見ながら、ボトルに入った溶液を説明書通りに髪の毛に塗っていく。鼻につく臭いを我慢して、時間をかけたら、左半分の髪の毛は違う色に変わった。

左半分だけ黄色っぽい金髪の自分を、鏡で見る。なんだか違和感があるけれど、何かが変わる気がする。

朝七時になると、我が家はいつも通りに動き始める。パジャマ姿の母親は、俺の頭を見て泣き出した。母親と色違いのパジャマを着た父親は、口を開けて俺を見ていた。

二人は混乱した様子で俺にアレコレと言ってきたが、この金髪は夏休み限定で学校が始まる九月一日には必ず元の髪色に戻す、ということを主張し続けた。騒ぎで起きてきた弟の来智が、欠伸をしながら「僕はまあ、夏休みならそういうこともいいと思うよ。お父さんも、お母さんも、お兄ちゃんを許せばいいじゃない」と言った。

中学生の来智の一言で、再びいつも通りに時間が動く。父親と母親はキッチンに向かい、来智は顔を洗った。俺は着替えた。

いつも通りに四人で朝食を食べて、俺はアルバイトの支度をする。


髪を少し気にしながら『小春日和』のドアを開けると、すでに准さんと宗助が来ていて、雑誌を読んでいた。

「おはよう。あー、来夢……」

「やっちゃったか」

宗助と准さんは、同時にそう言った。二人は今日一日、店の手伝いを買って出ている。奥からエプロンをして出てきたコハルさんと小夏さんは、なにも言わなかった。

自分では思い切った決断でも、他人にとってはたいしたことのないことだ。

肩透かしを食わされた感じになって、物足りない。ロッカールームに行って、鏡の中の自分を確認して、大きく息を吸った。

「今日はなぜか人が多い。みんな、田村くんの社会的反抗の金髪を見に来たのかな?」

ランチタイムが終わる頃、アルバイトではないのにせっせと働く小夏さんは、俺の髪の毛をやっと話題にした。

「意味はない。社会的反抗って、小夏さんは大袈裟だよね」

そう言いながら紙ナプキンを補充していると、ドアの鈴が鳴った。

「いらっしゃいませー」

無意識に声が出て、笑顔でドアの方を向いた。前の自分では考えられないことが、すんなりとできるようになった。習慣とは知らない間に染み付いてしまうものだ。

「本当に来夢が働いている。しかも、その笑顔……。あと、髪の毛が違う……」

驚いた顔でカメラを構えている凛が立っていた。ショートパンツにオフショルダーのカットソー、髪を短めに切ってはいたが、相変わらずのカメラは首から紐で繋がっている。その後ろには、意味あり気な視線の同級生の女子が二人、俺に向かって手を振っている。

「凛……。なんで、ここに？」

変な焦りを押し殺して、補充する予定の紙ナプキンを汚れないところに置いた。

「だって、准くんの彼女っていう先輩と偶然に話したら、ここで働いているって聞いたの。言ってくれればいいじゃない。来夢も准くんも宗助も、アタシの被写体だよ」

凛は顎を上げて俺を見る。少し意地悪く見えるけれど好きだった顔。凛に名前を呼ばれた時に、響きが軽くてちっとも嫌じゃなかったことを思い出す。

「被写体って、それは凛が勝手に決めたんだろ」という言葉を頭の中で言ってから、席に案内しようと店内を見回すが、カウンターしか空いていなかった。

小夏さんが今日はカウンターに入っている。

「テーブル席が埋まっているから、また今度にしたら？　写真撮るのも困るんだ」

「『アニー』に買い物に来たの。だから、今日はお茶飲むだけですぐ帰る。写真は撮らないから、大丈夫。ねえ、カウンターでいいよね？」

凛は、俺と後ろの友達に言ってから、カウンターに向かって歩いていく。凛の存在があると急にこの場所がかなり居心地が悪く感じて落ち着かない。

「いらっしゃいませ。田村くんのお友達なの？　外は暑かったでしょう。アイス珈琲でも飲んで涼んでくださいね。田村くん、私と代わって」

小夏さんがニッコリとして、水を三つ置いてカウンターを出ていく。

「あれが田村を無理にバイトに引き込んだ家庭教師？」「服が独特過ぎる」「清純そうで裏がありそう」三人はコソコソと笑い合う。

小夏さんは、丈が長めのワンピースだが、スカートと袖のカットが独特なのと、カラフルな土星や木星や金色の金星がちりばめられている派手な柄で、相変わらず個性的な装いだ。でも、なぜか小夏さんによく似合っている。

「なんでそこまで知ってるの？　凛、余計なこと話すなよ。あの人は関係ないだろ」

メニューを渡しながら言うと、凛は黙って俺の写真を撮った。乾いたシャッターの音が俺を少し苛立たせる。

「来夢にその髪、すっごく似合うよ。ずっとそうしたいって言っていたもんね。その髪でギターとかドラムしているところを写したいな。練習する時には連絡してね。アタシはアイス珈琲、じゃなくてホットのロイヤルミルクティーにする」

「かしこまりました。……凛、もう一度言うけど、ここでは写真はやめて。それと、最近は練習時間決まってないから事前に連絡できない」

凛の視線を避けて、他の二人の注文を聞いた。

厨房に注文を伝えて戻ると、小夏さんが凛達と和《なご》やかに会話をしていた。俺に気が付くと、お姉さん用の微笑みを浮かべて、そっと離れた。

小夏さんのサービスであろうクッキーの載った皿が、凛達の前に置かれていた。

客と対面する時の小夏さんの微笑みはお客によって変わる。年上の人には子供っぽく、年下にはお姉さんっぽく、同年代には清潔感を漂わせる。コハルさんの言葉を借りると「ひどく偏屈で屁理屈」な小夏さんは、この店で働いている時にはどこにもいない。一人しか入れない狭いロッカールームに小夏さんの中身を置いてきているのかも、と俺はいつも変な空想をしてしまう。

「ねえ、あの人のことを来夢がすっごく嫌うのはよくわかる。『あの家庭教師の目はとにかく気持ち悪い』って宗助と准くんによく言っていたでしょう？　アタシもそう思う。確かに、目だけ笑わない」

凛が俺にそっと言った。ほんの数か月前の俺の言葉にヒヤッとする。

今の俺には、小夏さんは得体の知れない人間ではない。小夏さんの視線が俺に向けられても、俺はもう怯《ひる》まない。その視線に何の意味があるか知りたい。小夏さんは我慢強くて、優しい気持ちがあって、服装は変わっているけれど、それをひっくるめて可愛い。特徴のない整った顔は、もう二度と忘れたりできないし、小夏さんに起こる少しの変化が気になって仕方がない。

「そういう女は嫌い、来夢の家庭教師、無理」と俺の話を聞いて感想を言った宗助も、肯いていた准さんも、もういない。大嫌いだった小夏さんに、あの時とは真逆の気持ちを持ってしまった。それを凛には言うことができない、いや、言う必要が見当たらないから言わない。

「どうぞ」

友達とスマホの画像を見て盛り上がっている凛の前に、熱いロイヤルミルクティーを置いた。

「来夢、ちょっとだけ変わったよね」

凛は俺を見て、嬉しそうに笑った。

俺は変わった？　確かに、過去と今の自分は違う。はっきりとわかる。凛の後ろに、小夏さんが見える。

ゴチャゴチャしてきた頭の中を振り払うために、飲み終わったグラスが並ぶテーブルを片づける。

# 金色

バイト終わり、変わらずに俺を駅まで送り届ける小夏さんを、勇気を出してお茶に誘った。ただ、それは今じゃなく、小夏さんが行きたいという場所に行き、食べたいものを聞いて、準備してから（バイトを始めてから、結局母親に搾取されてちっとも残らないバイト代を少しでも手元に残るように交渉中だったことも要因）、次の休みの日の予定での誘いだった。

それなのに、小夏さんはコハルさんに「田村くんが私にお礼をしてくれるから、このまま出かける」とわざわざ電話で報告し始めた。電話口からコハルさんが大袈裟に手を叩いて喜んでいる様子が漏れてくる。それを聞くと、小夏さんと出かけられる喜びと、コハルさんには相手にされてない軽い絶望が混じる。

スミレ色と緑色の花柄のシャツと、なんとも奇抜な配色のダイヤ柄のロングスカートという相変わらずの服装に、丈夫そうなサンダルを履いた小夏さんは、迷うことなく定期入れをバッグから取り出し、改札に入っていく。ハーフアップにして垂らした髪が、ふわりと揺れる。

　焦りつつ、小夏さんの後ろをついて歩くと、ホームで小夏さんが立ち止まり、俺を振り返る。

「田村くん、お茶よりご飯にしていい？　私はお腹が空いている」

　小夏さんの問いに、財布の中身を計算していた俺は、すぐには答えられなかった。

「決まり。田村くんの乗換駅で降りよう。でも、いつもより遅くなるから、田村くんのお家に連絡をしておく」

　小夏さんは三秒以内に返事をしないと了解だと解釈する傾向がある。長く使っている様子の二つ折りの携帯電話を再び取り出す小夏さんを止めた。

「みんなで出かけていて帰りは遅い。今日は弁当でも買って先に寝てって言われているから、電話は大丈夫だよ」

　母親がテーブルの上に置いていったであろう夕飯代の千円札を思い浮かべてそう言うと、小夏さんは俺の目を覗き込んだ。

「なんだよ……」ドギマギするが、顔には出ていないだろう。

「本当だ。嘘は田村くんの目でわかる」

　小夏さんは、迷いなく電車の開いたドアに乗り込んだ。

　窓の外を眺めている小夏さんを横目で見つめながら、電車の中では考え事がはかどると、勉強中に何度か言っていたのを思い出す。そして、何を食べたら小夏さんが喜ぶのか頭をフル回転させて考える。小夏さんが喜ぶもので、二千円でお釣りがくるような店に入らなければならない。小夏さんに軽蔑されると嫌だから、スマホを取り出して検索をかけたい気持ちを抑えて、目的の駅で降りる。

「洋食がいいな。ステーキなんてすごくいい。そこにお店がある」

小夏さんが改札を出るなり俺の顔を見たので、首を振る。

「小夏さんは肉よりも野菜を食べた方が良い。足りてないと思うよ」

「見てわかるの？　今朝は野菜ジュースを飲んだから、きっと足りている。パッケージに一日分って書いてあったよ」

小夏さんが渋い洋食屋の看板の方に歩いていくので、小夏さんの前に回り込んで止める。そして、小夏さん越しに馴染みのある名前のついた店を見つけ、そこに誘導する。

「いらっしゃいませ、何名様ですか？」

すぐに対応してくれた店員にピースサインを見せて、案内されたテーブルに座った。

「どうして、ステーキが長崎ちゃんぽんに？　暑い季節なのになぜ熱いものを？」

メニューを見ながら、小夏さんが不満げに言った。俺の胸はチクチクと痛むが、財布の中身との兼ね合いだから仕方がない。

「野菜も食べられて、美味しいからだよ」

「わかりました。トイレに行きたい。生きているということはね、栄養を摂り、排泄をする。基本だね」小夏さんが俺の顔を見た。

「排泄とか言うな。聞きたくない」

「お年頃の田村くんと同じのを頼んでおいて。そして、大盛りにして。今すぐに私には排泄が必要。ゾウリムシの排泄物は、クロレラの栄養源なんだよ」

小夏さんはからかうような視線を俺に向けて立ち上がった。

「黙れ、不思議ちゃん」

小夏さんの後ろ姿に悪態をついたが、一人になると嬉しい気持ちに勝てず、ニヤけてしまう。

水を持ってきた店員に、長崎ちゃんぽんの麺二倍を二つ頼んだ後で、小夏さんのことを思って、一つは普通の大きさに注文を訂正した。凛の「お腹空いた、ペコペコ」という言葉に何度も騙されたことがある。女性の「たくさん食べたい」は、普通盛りでいい。これは俺が彼女という存在から学んだことだ。

小夏さんがこのところ毎日使っている、黒い薔薇の飾りが二つついたシンプルな黒の布鞄を眺める。

戻ってきた小夏さんは「昼ご飯を食べていなくて、お腹が空いた」とずっと話していたが、店員が運んできたテーブルの上の長崎ちゃんぽんを、何度も見比べる。その度に、小夏さんの顔がカクカクと動く。

「普通でも、ここのは結構な量があるんだよ。小夏さんじゃあ、無理だよ」

「それはひどい偏見というものです。私はそっちの多い方にしたい」

小夏さんは俺の隣に移動して、屈んでレンゲでスープを飲んだ。

「これで、こっちが私のね、私が飲んだものは食べたくないよね？　田村くん、これ、すごく美味しいね。餃子も食べたいな」

目を細めている小夏さんを見たら、何も言えなくなってしまった俺は、黙って丼を交換して、餃子を注文するためにボタンを押す。小夏さんはさっさと自分の席に戻って、ちゃんぽんを食べ始めた。嬉しそうな小夏さんを見て、胸にそっと手を当てて、気持ちを落ち着かせる。

結局、小夏さんはスープまでほとんど平らげ、餃子も全部食べた。水をこくこく飲みながら、左手で伝票を掴もうとする小夏さんより先に、俺は伝票を握る。

「奢《おご》る。そう言った」

「それは、でもね、遠慮する。必要ない。あと、高校生、というよりも、年下、というか、そうそう、生徒？　そう、生徒にご馳走になるのは倫理が……」

小夏さんは、伝票が入っていた透明な筒を逆さまにしたり転がしたり落ち着かない。

小夏さんは年下にご馳走してもらうことが苦手らしい。

「つべこべうるさい。ありがとう、もしくはご馳走さまでいいよ」

伝票を持って立ち上がる。熱いものを食べて身体はすっきりしていて、気持ちはほくほくして、自分の足が床についているかも怪しいくらい嬉しい。

「ありがとう、ご馳走さまでした」

小夏さんは深く頭を下げた。こういう時に何を言っていいかわからなくて、空に近い財布に目を落とした。支払いを済ませると、小夏さんは誰かと電話していた。

「食材がなくなったから、コハルちゃんはもう店を閉めたんだって。もし遅くなるなら迎えに行くよっていうけど断った。心配性だから、困ったものだ」

小夏さんは電話を切ると、俺に向かって首を捻る。柔らかい微笑みのコハルさんを思い浮かべて、胸のあたりがすうっと冷えて、ズキズキと痛くなる。コハルさんならば、財布の中身を気にせずにステーキを食べさせてあげられる。

「田村くん、一人で帰れる？　家までついていこうか？　とりあえず駅までは行くね」

駅の方向に小夏さんは歩き出した。俺が歩かないのに、小夏さんは俺のことを見ない。俺からどんどん離れていく小夏さんを見て、イライラした。

「一人で帰れるよ。お金をもらわなくても『小春日和』で働く余裕がある小夏さんに、安いもの食べさせて、すいませんでした」

どうしてこんなことが口から出たのかわからない。振り返った小夏さんの硬い表情を見て、自分も傷ついた。恋愛感情って、すごく面倒で馬鹿みたいだ。

「じゃあ、ここで私は帰る。ご馳走さまでした。また今度ね」

小夏さんは、いつものように前を向いて歩き始めた。咄嗟に、小夏さんのところまで走って、前に回り込む。

「待って、すいません。言い過ぎました。缶ジュースでも、ご馳走します」

自分の靴と道路のアスファルトを見ながら一気に伝える。

「最近は妙に素直だね。じゃあ、これから家に来る？」

「家って……小夏さんの家ですか？」驚いて顔を上げる。

「そう。ここから、ひとりぼっちの羊飼いを歌って、チムチム・チェリーを歌って、茶摘みとふるさととすみれセプテンバーラブを歌うと家に着くの。昔から、いつもそうしていたんだ」

隣を歩く小夏さんの英語の歌は空気が抜けた感じで、肩を縮こまらせたいのに力が抜けて生ぬるい夜風を正面から受けてしまう。風で揺れる髪の毛からは、何の香りもしない。俺は自分の心臓の音を聞きながら、何も言わずにただ歩いた。

信号待ちをしている時、歌を中断した小夏さんが俺を見た。

「田村くんは夜の方が似合うんだね。なんだかキレイ。金の髪とその金のピアス。お月様もそんな金色ならいいのにね。あれって青白いでしょ？」

　ピアスは開けるまで散々悩んだ。高校生なのに、先生に怒られる、親が怒る、そんなことばかりが頭に浮かんだ。その時に込めたありふれたお願いはすぐに日常に埋もれてしまうが、鏡を見る度に、ピアスに触れる度に、思い出す。でも学校には付けていかない。怒られるから。親の前でも付けない。怒られるから。どうして、大人がしていることを高校生がするといけないんだろう。

　月を指さし、俺の髪の毛や左耳を見ていた小夏さんは、信号が青になるとまた歌い始めた。この人も、このピアスも、俺の大切ななにかだ。

「行き過ぎ、田村くん。ここ、私のおうち。どうぞ」

　家族で行った展望台で初めて見たエレベーターガールみたいに手の平を上に向けて、小夏さんが立っている。小夏さんの家は低層のマンション。どう見ても一人暮らしには不向きな住宅だ。小夏さんは鍵を出してオートロックを開ける。

　戸惑いながら階段を上がり、三階の角部屋の玄関に入ると、当然のように、部屋着で眼鏡の寛《くつろ》いだコハルさんが出迎えてくれた。

　状況を徐々に理解する。これは同棲中ということだ。混乱と絶望。

　綺麗な新しい部屋とちぐはぐな年季の入った家具に囲まれた畳の居間に通された。

コハルさんが、色違いの花柄のティーカップにそれぞれ紅茶を淹れ、和柄の丼みたいな器にホットミルクをいれた。花柄のティーカップは、きっといつも二人で使っているのだろう。俺は違う器で、子供扱いのミルク……。それが、俺の立場だ。ここに頭を抱えて、うずくまりたくなる。

「結局、こういうこと？　言ってくれたらいいのに」

俺が絞り出した声は、変にカラッと明るく聞こえる。

「ほら、こういう風になるに決まっているでしょう？」

小夏さんはコハルさんの顔を覗き込む。二人の身長差は完璧で、絵になっている。

「うーん、そうなの？　誰にでもそう見えるの？　絶対にそうなの？」

コハルさんは、腕を組む。なんだか、いつもより子供っぽく見える。二人はすごく打ち解けている。親密だ。普通に座っていられるのが不思議なくらいに、胸が痛い。

「田村くん、眠いの？　ちょっと聞いてくれる？　コハルちゃんの本名は柿本隆二。知っているでしょう？　あれは、ちょっと違う」

小夏さんはまっすぐな視線を俺に向けて、唇だけ動かした。

「違うって、何が……」

「十一か月前、私の母親と結婚して、婿に入った。だから、本当は笹井隆二さん。私にはお父さんはいる。でも、昔も今も妻子がいる。お父さん二号も、パパも、父さんも、パパさんもいる。母の結婚は五回目だから、今回は、お父さんよりお姉さんが欲しかったからなんとなく『コハルちゃん』って呼んでいる。この人は父親なの。私達は親子だからね。三人暮らし」

小夏さんはテーブルに手を伸ばして、ラーメンのつゆみたいにホットミルクをぐびぐび飲んだ。コハルさんは、俺の前と自分の前に改めてティーカップを置いた。

俺は、言葉は理解しているのだが、状況が全く理解できない。

「来夢くん、いつか言おうと思っていたんだけど、言い出せなかった。僕達は少しだけ世間から見ると複雑だから、君は知らなくてもいいだろうと最初は思っていた。来夢くんは、捻くれているが善良で信用できるって小夏ちゃんはいつも言う。僕も、君のことを良い人間だと思っている。君は少し不愛想で捻くれている、だけど、良い子だから気を遣わせるのは悪いなって思ったんだよ。ごめんね」

嘘とか本当っていう答えが身体から滲み出る人もいる。詐欺師みたいに全くわからない人もいる。コハルさんは滲み出てしまう人のようだ。親子関係というのを俺は信じた。俺は、安堵で息をついて、そのまま動けない。

俺のことを善良だとか良い子だとか言う人に十年ぶりくらいに会った気がして、くすぐったくなった。我慢しても可笑しくてたまらない、湧き出る笑いを抑えられない。

「田村くんは紅茶で酔う体質なの？　体調が悪いの？　泊まるならご両親に電話しよ

うか？　もうそろそろ帰っているでしょう？」

小夏さんは鞄に手を伸ばして中を探りはじめる。

「もうちょっとだけいる。それで電車で帰るよ」

「僕が車で送る。小夏ちゃんはもう外に出ないでいいよ」

コハルさんがそう言うと、小夏さんは壁の時計を見て肯いた。

コハルさんが車の鍵を取りに行くためにリビングを出ていくと、小夏さんは部屋を出て、すぐに戻ってきた。そして、慣れた手つきで、手にしたビデオカメラをテレビに繋いだ。

簡易的な結婚式らしく、十字架と花が飾られた祭壇のある部屋に牧師が立っている。その柔らかな視線の先には、白いシンプルなドレスを着た個性的な顔立ちのおばさまと、それよりも派手な黄色のふわふわのドレスを着た、美しい小夏さんが寄り添って立っている。

黒のモーニングを着たコハルさんが、祭壇に向かってまっすぐ伸びる白いバージンロードを背筋を伸ばして歩いてくると、白いドレスのおばさまと小夏さんの手を取った。

「笹井隆二は、病める時も健やかなる時も、笹井花子《はなこ》を、娘の小夏を、愛することを誓いますか？」

牧師は外国語訛りの日本語で、コハルさんを見つめる。コハルさんはまっすぐ綺麗な親子を見た。

「永久《とわ》の愛を、妻となる花子に、そして、娘の小夏に誓います」

画面は暗くなる。コハルさんがコンセントを抜いて、無言で片づけてしまった。俺は、結婚式には興味がない。けれど、今の映像は、なんというか、良い光景だった。

「小夏ちゃん、今日はぐっすりと眠るんだよ。無理をしないで」

コハルさんは、ゆっくりと小夏さんの背中をさすって語りかけた。小夏さんは肯いて目を閉じる。とても眠そうだ。すぐに用意していたタオルケットで、小夏さんをぐるぐる巻きにするコハルさんを見ていたら、この二人が確かに親子に見えて、再度、勝手に湧き上がってくる笑いをこらえる。

「あの時から、私の一番好きな言葉は『永久の愛』になった。ランキングは激変」

小夏さんは、タオルケットをモコモコと巻き付けた大きなサナギみたいなまま「おやすみー」と言いながら部屋を出ていった。

「困った子だね。今日は眠るみたいだ……」コハルさんは息をそっとついた。

「あの、小夏さんのお母さんっていくつ、ですか？　年の差は？　今は出掛けているってことですか？」

「花子さんは五十三歳。歳の差はたいしたこともないけど、十九かな。今は、ちょっと、外に出ているよ」

コハルさんは紅茶を注ぎ足して飲むと、いつもより柔らかく微笑んだ。

「へ……。ああ、そうなんだ。どんな人なのかな？　顔は見たから、性格のこと」

「とても不思議で素敵な人。車で送る。そろそろ行こう」

コハルさんは淡々と答えて、立ち上がった。

両親と弟はもう帰っているだろうか、コハルさんに挨拶をする時にお揃いのパジャマはやめて欲しい、そう考えながら、俺もまだ飲みかけの紅茶を残したまま立ち上がる。

このマンションには不似合いな古いボタン式の扇風機の風は、熱過ぎる紅茶が作った汗を冷やしきらずに、そっぽを向いてまたこっちを向いた。

# 一日と積み重ね

「ねえ、ただの茹でた豆をチリソースで食する。カレーライスみたいな感覚？　これに、豆のサラダをつけたらもう、豆のみだよね？　マメママメママメ……」

チリビーンズの豆を茹でながら、小夏さんは話す。知り合いに頼み込まれて、大豆を大量に仕入れたコハルさんが知恵を絞り、紆余曲折を経て期間限定メニューに加えたところ、わりと好評である。辛さがくせになる、そんな言葉で常連のお客さんに結構褒められて、このところコハルさんは浮かれている。それとは反対に小夏さんは不満そうだ。マメを見るのが苦手らしい。

「また言い始めた」

「マメを茹でる度に、毎回よく同じことを言えるよね」

コハルさんと俺が同時に言った途端、ドアの鈴の音とはっきりした声が聞こえた。

「こんにちは。お忙しいところお邪魔します」

コハルさんが、返事をしながら出ていく。「これはまたなにかの勧誘だ」と小夏さんが呟いてから水の用意を始めた。どんな人にでもとりあえず水を出す、というのが、この店の決まり。レモンの輪切りが入った水は、冷蔵庫を開けて取り出す度に、寒くても暑くても涼しげな音を立てる。

コハルさんに呼ばれたので顔を出すと、カウンターの傍に警察官が立っていた。帽子と紺色の制服。白い半袖から出ているしっかりした腕。カウンター席に座ったコハルさんが、俺に手招きする。仕方がなく、コハルさんの隣に座る。

「どうぞ、お水ですけど」

小夏さんが、コップに入った水を警察官の前に置いた。

警察官は立ったままお礼を言って、丸い目をクルリと動かして、ハンカチで汗を拭き始めた。

恋をするのは至極簡単なことだ。番号とかアドレスとかIDを交換した後に、相手の気持ちを探っていくとか、とりあえずデートをしてみるとか、プロフィールの写真と違うかもしれないから目印をつけて待ち合わせとか、そういうゴチャゴチャはいらない。最短ルート。一目見て、好きになる。

「おや、お水をどうぞ。お巡りさんのお歳はおいくつで？　そして独身？　見た目によらず女性関係は派手ですか？　公務員というのはやっぱり、安定しているのかな？」

どこかのお爺さんみたいな口調でコハルさんは警察官に水を勧め、質問を四つ付け足す。水を断って、額に手を当てて、その警察官はギクシャクとした動きで名刺を出した。コハルさんと小夏さんは、興味深そうに覗き込む。

【桐谷基】という駅前の交番のお巡りさん。

「名前は桐谷……キ？　モトさん？」小夏さんが不思議そうな顔になる。

「ハジメです、桐谷基《きりたにはじめ》。フリガナを振っておきますね。そして、歳は二十六で、独身です。仕事は大変ですが、やりがいはあると思います。あの、女性関係というのは……」

警察官の桐谷くんは、困った顔をして口ごもる。そして、小夏さんをもう一度チラリと見てから、慌てた様子でボールペンでフリガナを書き込んだ。

「あ、非常梯子が出しっぱなしですね。……もしかして、何か緊急事態ですか？」

窓の外を見て、急に緊迫感を纏《まと》う桐谷くんを見て、コハルさんが気まずそうな顔をした。小夏さんに片づけるように言ったが、小夏さんが片づけなかっただけ。娘に甘いコハルさんが、テラス席を今だけ使用禁止にして放置していただけ。

「使い勝手を確認していただけです。しまうのを忘れていただけ。つい、うっかり」

しれっと嘘をつく小夏さんが答えると桐谷くんはテラスに出ていった。そして、非常梯子を苦労して片づけて、防犯を促し、敬礼をして出ていった。

あれから桐谷くんは、非番の時に『小春日和』にお茶を飲みに現れるようになった。ランチタイムが終わってお客さんがいなくなったので、問題集を広げていると、桐谷くんがやって来た。

「いらっしゃいませ」

小夏さんはすぐに立ち上がってドアに向かう。俺は問題集を片づける。慣れてきた動きはスムーズに流れていく。

車の免許を取りたいという小夏さんは、このところ教習所にばかり通っているので店にいないことが多かった。店に来ても空振りばかりだった桐谷くんは、久しぶりに小夏さんに会って、ギクシャクとした動きで頭を下げて、迷ってからカウンターに座った。

「田村くん、アルバイト中に勉強なんて偉いね。勉強、続けていていいよ」

桐谷くんは、俺と小夏さんを交互に見ながら言った。

水を置いて、注文を取る小夏さんに、桐谷くんがなにか話しかけようか迷っているのが見て取れたが、ランチの注文だけをした。

私服の桐谷くんはとても間が悪く、努力は報われない。ハヤシライスのお皿は空になり、持参した文庫本も読み終わり、珈琲カップも空になった。

小夏さんは桐谷くんのことは気に掛けず、棚の商品を整理している。桐谷くんに宗助の何かを分けてあげたいと、俺は思う。桐谷くんに関しては、安心して見ていられる。小夏さんは、桐谷くんに好意を寄せていない。

「僕達は休憩をさせてもらうよ。桐谷くんもよかったら一緒にお茶をどうぞ。小夏ちゃん、この桐谷くんはこの前の警察官だよ。公務員って結婚したい相手の条件でよくあるよね。守ってくれそうだし、良い職業だ」

コハルさんがお茶セットを持ってやって来た。この店ではコハルさんがお茶のセットを持ってくると、休憩時間の合図である。

「この前のお巡りさんですか。わからなかった」

小夏さんはレントゲンのような視線を桐谷くんに向けると、首を少しだけ振った。

「小夏さんは、教習所に通っているんですか？」

またとないチャンスに桐谷くんは早口で聞いた。小夏さんは肯いただけ。

会話は途切れ、外から蝉の鳴き声が聞こえてくる。

「小夏さんは名前からすると、六月か七月生まれですか？」

桐谷くんがまた突然に切り出すと、小夏さんが桐谷くんのことを壁の貼り紙を見るように眺める。少しの間を開けて、息を吸った小夏さんを見て、コハルさんはホッとした表情を見せる。

「私は七月十一日生まれ。でもね、母が私を五月に産みたかったの、だから五月七十二日生まれってことでコナツって名前になった」

小夏さんは立てかけてある年間カレンダーを指で数えて「ほら五月の七十二日は七月十一日でしょう？」と言った。

「妊娠中に日向夏が食べたくて仕方がなくて、と聞いたような気がした。僕はなんにも知らない」コハルさんは視線を下に落とす。

「煮ても焼いても、違う名前を名乗っても、私は小夏って名前だもの。でもね、田村くんのご両親みたいに一生懸命に考えてつけて欲しかったな、と時々思うの。夢が来るんだもの。それは良い名前だ。響きは柑橘類だけれど」

「俺を巻き込むのはやめてよ。名前の話はもういい」

「まあまあ、小夏さんも田村くんも、とてもいい名前ですよ」

まっすぐな桐谷くんは、俺と小夏さんの顔を見てにっこり笑う。小夏さんは桐谷くんを横目で確認して、お茶を一口飲んだ。

「私が中学生の時、すごく大事な用事があった。でも、母親が運転していて一時停止違反と言われて、警察に止められて、時間に間に合わなかったから、用事もなにもかもダメになった。それから警察官は苦手」

小夏さんははっきりとした口調で言った。コハルさんが慌ててたしなめた。

「気持ちはよくわかります。でも、交通ルールは守らないといけません。公正に取り締まっているだけで、難癖ではないと思いますよ。それと警察官は無関係です」

今の桐谷くんはギクシャクとした口調でなく、滑らかだ。小夏さんを見つめる目も違う。仕事になるとしっかりする桐谷くん。

「統計的に公正、なだけでしょう？　私達が止められている間、何台も一時停止なんてしていない車があった。私があの車に乗っていれば良かったのに、そう何度も思った。あの時の私は、母親が一時停止を怠った罰を受けたってことなの？」

小夏さんが、初めて桐谷くんの方に顔と身体を向けた。真正面から小夏さんの視線を受け止めた桐谷くんは、耐えられずに下を向いた。小夏さんは、きつい視線のまま、缶を手にして二杯目の梅こぶ茶を作り始めた。

「名前の話だったね、僕の本当の名前はあんまりもう意味がない。コハルっていうのがとても気に入っていて……」

そう言ったコハルさんは、二人の顔を見て、諦めたのかお茶を飲み始めた。

「トイレ掃除してこよう」

小夏さんは立ち上がると行ってしまった。桐谷くんは自分の手を見ていた。

「キツイ時もあるけれど、根はやさしい良い子だよ。来夢くんもそう思うでしょ？」

コハルさんは俺に同意を求めた。

「いや、いつもああいう感じだよ」

「来夢くん、空気を読んで。小夏ちゃんは、勉強とアルバイトばかりしてちょっと偏屈になってしまっている。でも、良い子なんだよ。末永く付き合って欲しいなあ」

コハルさんは、桐谷くんのことをキラキラした目で見つめる。どうしても桐谷くんに小夏さんを引き受けてもらいたいらしい。親子だと知ってしまうと、コハルさんの気持ちが読み取りやすくなった。

「いや、その、僕は、もうそういうのは……。いいんですか？　それに、僕では、気分転換になるかどうか……」

モゴモゴとコハルさんに答えた様子のおかしい桐谷くんに、コハルさんは根掘り葉掘り聞き出し始めた。こういう時のコハルさんは口調も仕草も爺さんみたいに見える。

大学生でできた初めての彼女は、違う男とも付き合っていた。しかも、そっちが本命だったので、三週間で別れてしまった。警察学校時代の飲み会で、無理矢理先輩に初キスを奪われ、次の日にインフルエンザで寝込み、隔離された。

そんな苦い思い出を、桐谷くんは小さい声で話してくれた。

「女性に対しての恐怖は、ずっとあります。好意を持ってくれた人を好きになろうとしても、気持ちがついていかない。僕はみんなが言う通り真面目なだけ、でも、僕は真面目って言われても困るだけ……。夢だった警察官になったのに、仕事を終わらせることに振り回されて、毎日が過ぎていくだけのつまらない人間なんです」

話を終えると、桐谷くんは深いため息をついた。

日頃も剣道で鍛えている桐谷くんは筋肉質の身体でがっしりしている。よく動く丸い目はいかにも善良そうだ。実際に桐谷くんは優しくて良い人だ。夢を叶えて警察官になったなんて、すごいと思う。でも、傷ついている。俺は、それを不思議に思う。

「ありふれたことを言うけれど、自分を大切にするのは悪いことではない。少しずつでも進むこと。それしかないよ。僕は桐谷くんのことは、とても好きだよ。お客さんだからお世辞を言っているわけではない。それと、僕を気にしているようだから言うけれど、僕はあの子の父親で、あの子の母親と結婚しているんだ」

コハルさんは、にっこり微笑んでから立ち上がった。

この店の客は、真面目で優しいけれど、どこか息苦しそうな人達が多い。コハルさんは、そういう客にそっと寄り添う。

「あ……、わかりました」

おそらく考えがまとまっていない桐谷くんは立ち上がって頭を下げた。

「梅こぶ茶か珈琲、おかわりします？」

俺は、動かない桐谷くんに声を掛けた。声が少し尖ってしまったのは、コハルさんが、桐谷くんは信用できる人間ですぐにでも小夏さんを任せたいと判断したことに対する嫉妬だ。

「いや、大丈夫です」

桐谷くんは、首を振って財布を鞄から取り出した。

レジを打つと、桐谷くんは綺麗な歯並びを見せて、笑顔で店を出ていった。

# 飲みに行かない？

登校日の朝になった。

午前中の三時間だけのために、金色の髪に一時的に黒い液体を塗りつける。カピカピに固まった左側の髪の毛にうんざりした。

「隠すなら、髪をわざわざ半分だけ金色にする必要がない。堂々とそのまま登校して怒られなさいよ。私の時代ならば、お兄ちゃんは退学だからね」

母親の毎度の文句にさらにうんざりしながら家を出る。結局のところ、母親の言う通り、気に入っている金色の髪を黒く染めたのは、先生に注意されるのは嫌だという理由しかない。

無事登校日を乗り切って、宗助と准さんと合流して帰る途中、何の脈絡もなく宗助が小夏さんに電話をかけ、今から昼ご飯を食べる約束をした。

意外にも、小夏さんが待ち合わせ場所に指定したのは、大きな病院の受付だった。暇な高校生三人は、滅多に乗らない路線のバスに乗ってその病院にやって来た。

病院は人の出入りが多い。受付ロビーのオレンジのソファーに座る。着崩している学生服は、病院という場所では浮いた存在だ。受付の人がこちらを見ているが気が付かないふりをする。そんなことに全く構わない宗助は女性週刊誌、准さんは旅の雑誌を手に取って読み始める。俺も仕方がなく主婦向けの雑誌を手に取った。節約レシピ、冷凍保存食、手間が省ける家事のやり方、夫に節約させる方法。今まで一度も見たことがない情報だ。

「節約して、なにか欲しいものがあるの？」

雑誌から顔を上げたら小夏さんが立っていた。

首を振って、雑誌をマガジンラックに入れると、すぐに誰かの手が雑誌を取っていく。無害な高校生を監視するよりも、読むものを増やした方がいい、そう思って受付の人をチラリと見ると、こっちのことなんて見ていなかった。

「小夏ちゃん、どこか悪いの？」宗助がすぐに小夏さんの横に立つ。

「いいえ。お見舞いに行っていた。君達のお昼ご飯、ハンバーグでいい？　それなりの値段でおいしい店があるって隣の部屋の輪島《わじま》さんに教えてもらったの。ここから歩いて行ける……」

相変わらずの服装の小夏さんは、いつもの鞄から、紺の折り畳みの日傘を取り出して、自動ドアを抜けた。

クーラーの利いた病院を出ると、夏の日差しと暑さに包まれる。すぐに、頭のてっぺんで目玉焼きが作れそうなくらい熱くなるので、学校の鞄を頭に載せるように持った。

「誰のお見舞いだったの？」

准さんは、日傘を首と肩で支えて鞄をゴソゴソと探っている小夏さんの日傘を取り、かざしてあげる。小さな気遣いのできる准さんは、俺よりも女性の扱いが得意である。

「私の母親が入院している。肺炎になりかけていたけど、今は治った。それはそうとして、みんなに聞きたいことがある。これって可愛いの？　数量限定でフィギュアにする話がある。これが試作品。これ、自分で作ったんだって、すごいよね？　企画している企業の人が、母の作品が大好きで思い入れが強過ぎるあまり、とにかく押しが強い」

小夏さんは早口で話すと、鞄から毒々しい青色のなにかを取り出し、後ろに向かって突き出した。小夏さんのすぐ後ろを歩いていた宗助が驚いて体を反らせたので、隣を歩く俺にぶつかった。

「仏像……？」

俺が言うと小夏さんは首を振った。それを見て、また俺に花子さんの入院のことを黙っていたことに遅れて気が付く。

「これは『潜水夫』という名の彫刻。カラーバリエーションは青と金色と黒、シークレットでボタン色とスケルトンでキラキラの二種がある。ボタン色っておかしいでしょう。なにがシークレットなのかも理解できない」

小夏さんに言われて、よく見る。小夏さんの握りこぶしより少し大きい。オジサンのような神様のような人が、つるりとした衣服と波のようなものを身体にまとっている。インパクトのある作品だ。

「彫刻？　潜水夫……。あ、ヒットした。作者の笹井花子は『感性の固まり』という異名を取る新進気鋭の芸術家。波をテーマに数々の作品を発表している。活動は……」

准さんがスマホを見ながら読み上げた。笹井花子が受賞したという気難しい名前の賞が続く。

「そこに書いてあるのが、私の母親。お店、そこみたいよ」

小夏さんは歩くスピードを上げた。

入ったのは、壁に茶色いレンガがあしらわれた店だ。

「あ、ここ、お食事券が使える店だ。嬉しい。五千円分あるから、ここはご馳走するね」

小夏さんは、満足そうに自動ドアに貼ってあるステッカーを指さして、輪ゴムで束ねたチケットを掴むと、一番上のチケットを抜き取り俺達の方にヒラヒラと振って見せた。

「それ、どうしたの？」

宗助が尋ねると、小夏さんは肩をすくめて、店の中に入っていく。

俵型の大きめのハンバーグには、目玉焼きが載ったり、ソーセージが付いていたり、大根おろしが載ったり、エビフライが付いていたり、目移りしてしまう。アレコレ迷ってメニューを決めて、運ばれてくると、ひたすらお腹が落ち着くまでモリモリと食べる。

ハンバーグと大盛りのご飯をどう食べ進めるかを考え、ふと顔を上げた。准さんも、宗助も同じようにせっせと食べていた。小夏さんもセカセカとハンバーグとご飯を口に押し込んでいるけれど、どこか考え事をしているように見える。

会話を楽しむ食事というものが、いつ頃になったらできるようになるんだろう、小夏さんの顔を見て思う。

俺のハンバーグがあと三口程度になった時、お互いがなんとなく話す態勢になった。

「なんで、小夏さんは食事券なんて持っているんだ？　しかもあんなにたくさん」

俺が言うと、小夏さんはすぐに答えず、ストローでセットのリンゴジュースを吸いながら、俺の顔を見た。

「あれは母の持っていたチケットの山を持ち歩いているだけ。母の趣味の結果。でも、この食事券五千円分は先々月の懸賞で私が当てたんだよ。久しぶりにやった」

「久しぶりって、どういう意味？」

准さんは、最後に残った付け合わせのポテトを口に入れた。

「私の中学高校の時の趣味は懸賞だった。エアポンプが入ったブラジャーとか、水筒とか、ちょこちょこ当てていた。結局、高いものなんて当たらなかった。おみくじも末吉と小吉ばかり。それで、私には、おこぼれの運しかないんだと悟ってから、堅実に生きようと決めて、懸賞はやめていた。今回は、ちょっと、自分の運を試してみたかった」

お茶を注ぎ足してくれるように店員に頼んだ小夏さんは、手持無沙汰なのか氷がごっそり残っているコップをストローでかき回した。氷がどこか不快な音を立てる。

「ブラってエアポンプで膨らますの？　お食事券が当たって、良かったじゃない。懸賞も恋愛も続けていれば大物が来るよ。それより、お母さんスゴイ大物だね」

宗助が小夏さんの顔を覗く。小夏さんは宗助の視線をしっかり受け止める。

「大物ね……。鶏のササミにお酒振ってレンジでチン、それからモヤシもレンジでチン、ザーサイをハサミで刻んで、混ぜてしょうゆか塩昆布で和《あ》える……それが母の得意料理。ご飯とそれを食べるのが私。ご飯に合わない、あんなもの。お酒のつまみでしょ」

　関係ないことを急に話し出した小夏さんは、イライラして耳たぶを引っ張る。小夏さんはイライラすると耳たぶを引っ張る癖がある。

「私の母親はね、すごく勝手な人間なの。いつも『閃《ひらめ》いたかも』って言うの。そして、その後は必ず放っておかれる。保育園にいた時は良かった。小学校からいつも、母には迷惑をかけないで、時間を潰すことを考えていた。でも、そんな人でも、自分が作ったものを眺めている時だけ、未完成でも完成品でも、その時だけカッコ良かった。それが嫌でたまらなかった。カッコ悪ければ良いのにと思っていた」

　小夏さんは付け合わせのパセリの葉っぱをちぎってソースの残った皿に落とし始めた。指先は忙しなく動く。

「行儀が悪い」小夏さんに言うと俺のことをじろりと睨んだ。

「反抗してピアスやら金髪やらにするのに、先生の前では黒くしてピアスの穴にファンデーションを入れたりする高校生なんて、ロクなもんじゃない。染めるならほんのり茶髪でいいじゃない。生活指導の先生とせめぎ合うくらいで満足すればいい。一般的なイメージの高校生として生きていくならルールがあるの。みんな自分が可愛い、気持ちよくなりたい。でも人が集団で生活するには窮屈さも必要なの。それから逸脱したら、自分は扱いづらい奴ですって喚いてるのと同じ、自分は良くても、あなたのことを考えてくれる周りの人が困るの」

小夏さんは茎だけになったパセリを俺の鼻先に突き出した。それを受け取った。

「だからこれは期間限定で、反抗じゃない。今は、この程度の脱線はごく普通だ。小夏さんは何をイライラしているんだ？」

突き出されたパセリを紙に包んで空き皿に放りながら、朝、母親に言ったことと同じセリフを口にする。

「……イライラなんて、していないよ」

小夏さんはため息をついて、俺から目を逸らした。

「小夏ちゃん、苦しいんだね。お母さん、心配だよね。きっと良くなるよ」

優しい准さんが、小夏さんの顔をじっと見る。

小夏さんは、准さんの顔を見てゆっくりと首を振ると、氷ばかりになっているジュースを、音を立ててストローで吸い上げる。

「母の病名は脳出血。出血部位が脳幹に近くて、この半年ほどずっと眠っている。何年も前から、いつこうなってもおかしくないって言われていた」

「え……」准さんの目が揺れた。きっと俺も同じだろう。

「奇跡的に、長く生きられるかもしれない、そうも言われていた。でも、こうなってしまったら、目覚めることは起きない奇跡だ、そうも言われていた。母も、アニーさんも、私も、知っていた。それに、コハルちゃんも……。私達はね、ずっと、こうなることを知っていたの。だから、今の気持ちを、心配というのは、違うの」

「……」俺達三人は、言葉が出てこない。

小夏さんと目が合った。小夏さんは、口元だけで微笑む。

「あの人は、わがままで人の気持ちなんてわからない人だった。違う、わかっていたのに自分の才能のためにわからなかったのよ。私はいつも振り回されただけ……。それで、ぶつけようのない気持ちが時々出てくるだけ。……もう行かない？　ここにいると私の全部の感情を説明しないとならない。そんなことしても無駄なの。本当に無駄なこと」

落ち着かない小夏さんは立ち上がりながら、鞄から財布とお食事券を出した。金色の長財布は店の常連さんからの海外旅行のお土産で、金運が詰まっているのだと言っていた。金運より何か違うものを小夏さんにあげて欲しかった。見当違いだとわかっているけれど、俺は悔やんでしまう。

バスに乗ると、小夏さんは俺達と離れて座って、目を閉じてしまった。

こういう時、お酒なら良かったんだろう。電気で店内をくまなく照らす、ニンジンの色を際立たせるハンバーグとかを前に話すのじゃなくて、薄暗くてグラスの中の泡を綺麗に見せる照明のある洒落た店が良かったのだろう。

そう思うけれど、俺にはそんなことができない。バスは人が多い見慣れた駅の前の道路に落ち着いた。

「じゃあね、健全で純良な男子高校生諸君。気を付けて帰ってね。私は歩いて帰る」

バスを降りた小夏さんは下を向いたまま、俺達に向かって手を振って歩き出した。

「小夏ちゃん、俺もバイトに入るんだから、もうご馳走しなくていいから。今日はご馳走さま」

准さんが手を振った。准さんは、来週から正式に『小春日和』のバイトをすることになっている。

「俺が家まで送る。小夏ちゃん……」

宗助が小夏さんを追いかけようとしたので手で制した。小夏さんは、今一人にして欲しいはずだ。小夏さんは、そういう人だ。

「田村くん達、今帰りですか？　今日は髪が黒いんだね」

ハッキリした声に振り向くと、夕日に照らされた私服の桐谷くんが立っていた。振り向く前からニコニコしているのがわかる声。あれから変わらず常連さんで、めげない桐谷くんには恋のチャンスが舞い降りる。

「ああ、桐谷くん。こんばんは」

小夏さんは振り返って微笑んだ。桐谷くんは、ギクシャクした動きで頭を下げた。

「小夏さんは歩きですか？　同じ方向なので、よろしければ途中まで一緒に、いや、その辺で、よかったらなんですけれど、お茶でも、お酒、でも、飲みにいきませんか？」

俺には言えない台詞を、今、やっと踏ん切りがついた桐谷くんが言った。

「ああ、それがいい。お酒、飲む。行きましょう。じゃあ、みんなはまたね」

小夏さんは桐谷くんの傍に行くと、もう一度こっちに向かって手を振った。小夏さんは、お酒が飲みたかった。俺より大人の桐谷くんはそれを提案することができて、お酒を飲んだ小夏さんの言葉を受け止めることができる。

「明日は時間通りに店に行く。夏休みの宿題持って行くから、教えてよ」

勉強をすることを、小夏さんが望んでいる。そして、問題が解けるととても喜ぶ。様子がおかしい小夏さんを元気づけるには、俺にはこれだけだ。

「はいはい。気を付けて帰りなさいね」

小夏さんは、もう振り返らない。桐谷くんと並んで歩き出した。

ぎこちない桐谷くんと、ぼんやりと歩く小夏さんとの間には、一人分の空間があった。その空間が埋まることがないように、願ってしまう自分が情けない。

# 花束を解く

「やっぱり」

目が覚めると同時に、口に出していた。

先に起きていた弟の来智が「兄ちゃんの寝言でっかくて、うける」と笑っている。

弟よ、寝言ではない。兄は起きていても、寝ている間も、ずーっと考えていたのだ。

そう思っている間も、小夏さんと桐谷くんの後ろ姿が脳裏から離れない。

寝ても覚めてもモヤモヤしかないこの俺のやることは、とりあえず一つだけある。

動かないと、小夏さんの視界に入ることなんて一生できなそうだ。それだけは、非常に困る。

支度をして、飛び出すように家を出た。見舞いに相応《ふさわ》しい服なんて持っていないから、無難に白い半袖シャツと黒いパンツ。サンダルはやめてスニーカーにした。

今日のシフトは、小夏さんと准さんと俺。昨日、『小春日和』に行く前に病院に行くことが多い、と小夏さんが話していた。

病院の正面玄関が見えるベンチに座る。病院という場所には、幸い縁がない。こうして眺めていると、病院の玄関に人が吸い寄せられて、取り込まれているような気になっていたが、入っていった人と同じくらいの人が出てくるので、ホッとする。

日差しが強く、暑い。座っているベンチはすぐに熱くなり、俺は日陰に移動する。真夏に外で待つというのは、苦行に近い。家からペットボトルの水とスポーツドリンクを持ってきたが、すぐに飲み干してしまった。急いでコンビニに行って、二本の麦茶を買い足した。麦茶のペットボトルでオデコや身体を冷やしながら、ただ待つ。出掛ける直前に、来智が帽子を貸してくれて良かった。帽子がなければ、熱中症になりそうだ。

麦茶の二本目がなくなる頃、紺の日傘を差した小夏さんが現れた。

「……良かった。ちゃんと、会えた」

ホッとして、倒れ込みそうになるのを、こらえた。

今日の小夏さんは、白地に薄い緑の大きな花柄が描かれた半袖のブラウスに、紺と緑の葉っぱが不規則にプリントされているロングのフレアスカート。編み込みで上品にまとめられた髪形。王冠を載っけたら、柄の王国の女王みたいな小夏さんは、強い日差しに照らされて、無機質な病院の建物を背景に、くっきりとした輪郭をもつ。それは、どこか不安定で、すぐに消えてしまいそうに感じて、俺は急いで走り出す。

すっかり汗をかいている半袖の腕に照り付ける日差しが、痛い。

「小夏さん」

駅の花屋で買った千円の小さな花束のヒマワリとピンクの花が、しっかりと上を向いているのを確認する。

「田村くんが、なぜここに?」

日陰で立ち止まった小夏さんは、日傘を畳みながら俺を見る。

「バイトの前に、小夏さんのお母さんの、お見舞いに行きたいと思って……。昨日は知らなくても、今日は、知っている。だから、来た」

小夏さんに俺が何をしたらいいのか昨日からずーっと考え続けた結果、ここにいる。そんなことを知らない小夏さんは、俺のことをレントゲンをかけるように丁寧に眺める。考えていた言い訳は、思ったよりも効き目がなさそうだ。背中に汗が流れる。

「ふむふむ。田村くんは事情を知って母の見舞いをしたいということですね。それは、ありがたいけれど、お見舞いは家族以外……」

少し困った様子の小夏さんは、ふと俺の顔と右手の花束を見た。

「行こうか。でも、お見舞いは今日だけにしてちょうだいね」

小夏さんは、受付に向かって歩き出した。

「今日だけに、します」

小夏さんの後ろを歩きながら、俺は着ているシャツの柄が気になり始めた。浮世絵のドクロがワンポイントで胸元に小さく入っている。白だから良いと思ったのに……。

受付番号の入ったバッジをつけてドクロを隠すと、エレベーターで十三階に上がる。ナースステーションで看護師に挨拶をして、小夏さんは、【山村花江様】と書いてある個室の前で足を止めた。

「名前は、変えてあるの。万が一、騒がれたら困るから。これぞ有名税」

小夏さんは、スライド式のドアを開けた。さっきから感じていた病院の音、においが濃くなった。

「来たよ。調子はどう？　リハビリは終わったのね。それに、看護師さんに歯を磨いてもらったんだって？　前髪も切ったのね、コハルちゃんが切り過ぎかなって心配していたけど、それくらいが似合っている。今日も、熱が出なくて良かったね」

小夏さんは急に話し出した。それは、いつもの小夏さんとはほんの少し違う。俺はドアを閉めて部屋に入る。

ベッドに寝ているのは花子さんに違いない。でも、ネットに載っていた写真とも、いつかビデオで見た結婚式の人とも、どれとも違う。小柄で、弱々しくて、静かだ。

髪は白髪が交ざっていて、病院の寝間着を着ている花子さんは、ピクリとも動かない。

口を覆っている酸素マスクが規則的に曇るので、花子さんが呼吸をしているのがわかる。けれど、酸素マスクがなかったら、きっと何度となく呼吸を確かめてしまうだろう。

「今日はね、若い男の子を連れてきたの。私の教え子、田村来夢くん。高校生。反抗期なの。お母さんの好み？　ではないよね……」

小夏さんが花子さんに笑って見せるのを、俺はただ見ていることしかできない。上手く動けない。

俺は、ここに来て、何をしようとしていたんだろう。何が変わると思っていたんだろう。

「田村くん、お見舞いに来たらちゃんと挨拶をした方がいい。そんな顔しないでね」

小夏さんが、俺を見た。俺は、花子さんの寝ているベッドに近づいた。

「……初めまして、田村来夢です。いつも、小夏さんには、お世話になっています」

花子さんの傍に寄って、頭を下げた。花子さんは、目を閉じたままだ。

「よくできました。立派だね」

小夏さんは、俺と花子さんに同じ微笑みを向けた。

「少し浮腫《むく》んだかな」

小夏さんは、花子さんの左手を両手で握る。そして、花子さんの左手にタオルをふわりとかけて、そっとさすり始めた。俺は小夏さんが花子さんをマッサージする間、ずっとそれを見ていた。小夏さんは、天気のこととか大学の卒論の進み具合とか内容を、花子さんに話す。

俺には難しい話で、内容も用語もよくわからない。

「お母さんは、どう思う？」

小夏さんが、花子さんに問いかけた。

答えはない。けれど、小夏さんは何度か肯いて、花子さんの顔を見る。

花子さんが答える様子を思い浮かべているのか、答えがないことを確認しているだけなのか、全く違うのか、俺はやっぱりわからない。

細く開けた窓から風が入ってきて、飾りのないレースのカーテンを揺らす。

「もう帰った方がいいよ。田村くんみたいに新鮮で活きがいい人間と、ここは相性がよくない気がするの。母もそう言っている。わかるの」

小夏さんが突然に言って、俺は追い出されるように部屋を出た。

エレベーターの前に立つ俺の後ろに、小夏さんが立つ。後ろから手が伸びてきて、そっと▽ボタンを押す。俺が帰るために、押されるボタン。

「小夏さん、大変だね」

振り向いて、小夏さんの顔を見る。小夏さんは首を振った。

「医師、看護師、スタッフの皆さん。ここにいると、なんでもやってくれるの。コハルちゃんも、献身的だよ。ありがとうしかない。じゃあ、気をつけて。あ、コハルちゃんにはお見舞いのこと言わないでね」

「なんで？」

「なんでって、お見舞いは断ろうと二人でそう決めたから。決定事項なの。ルールは守る」小夏さんが俺に向かって、手を上げた。エレベーターが、もう来てしまった。

「わかんない……」

首を振る。小夏さんがどうしてこんなに淡々としているのか、俺には信じられない。自分に置き換えたら、きっと潰れてしまう。

「やっぱりわからないよね？　そう思っていたの。私も最初迷ったもの。一緒に玄関まで行くからね」

勘違いをしている小夏さんが、エレベーターに乗り込む。後ろから車椅子の人が乗ってきて、小夏さんが手助けをする。見ているだけの俺は、邪魔にならないように壁に背中を押しつける。

無言で小夏さんの後ろを歩く。確かに病院の構造はわかりにくい。小夏さんは迷いなく歩くので、すぐに玄関が見えてきた。

胸に付けた番号のバッジを外しながら、外を見る。ここから見る外は、夏で、暑くて、強い日差しに照らされて、なにもかもがクッキリと濃い色を持っている。

「じゃあ、田村くんは気をつけてアルバイトに向かってね。私も後から行く」

「一緒に行こうよ」

　バッジをカゴに戻した俺の左手が、小夏さんの手首を掴んで引っ張る。

「ちょっと、田村くん、どうしたの？」

　小夏さんがとがった声で言ったので、すぐに手を離そうとしたが、掴み直す。俺は小夏さんの手を掴んだまま、急いで病院の外に出た。抵抗のない小夏さんの手首は、俺の手の平に収まって、クーラーで冷やされているのか冷たい。

「絶対、大変なんだよ。ずっと、大変だった。今まで、どんな気持ちでいたんだよ……。小夏さんはやることがなくても、見つけている。部屋の名前まで変えて守っている。マッサージもしてあげて、話しかけて、花子さんの答えを待っているじゃないか。それ以外に、小夏さんは、勉強して働いて、余分に俺に勉強を教えているじゃないか。それなのに、俺の母親から成績の報告を受けて、電話でお礼を言われると、『私は何にもしていません』って言うだろ？　どうして？」

「どうしてって……」小夏さんが困った顔をしている。

「小夏さんは、頑張っていて、大変で、それなのに、そんな風に見えないし、見せないし、頼らない。偉いよ。偉過ぎる。俺はそう思った。昨日も今日も、思った。でも、俺は……」

「今日は、お見舞いありがとう」

小夏さんが俺の言葉を遮った。やっぱり、小夏さんは俺には何も言わない。言う気はない。シャットアウトだ。

自分でも何を言っているんだろうと思ったし、俺は子供だ。大人じゃない。今、痛いくらい思う。痛感って、こういう気持ちだ。小夏さんに教えてもらったことが、今になってまた理解できた。こうなったら、背を向けて、歩き出すしかない。俺にできることなんて、どこにもない。

「田村くん」

「先に行く。小夏さんは無理しないでよ。無理ばっかりだけど」

小夏さんのことが見られなくて、早口で歩き出した。

「田村くん、待って。その花束、母に、でしょう？　ずっと持っている」

走ってきた小夏さんが俺の前に回り込んだ。日を浴びた小夏さんの髪や顔が光る。

「ああ、でも、こんなんじゃ。これは、捨てるものだから……」

右手の花束を身体に隠すようにした。花子さんの部屋には凄く立派な花瓶があって、花が活けられていた。立派としか言えない赤や紫の花束だった。あんなに立派な花があるなら、こんなもの、いらない。

「じゃあ、その花束は私がもらってもいい？」

「え？　でも、これはもう……」

ヒマワリもピンクの花も、もうくたっとして元気がない。握りしめていたので当たり前だ。こんなものを小夏さんにあげたくはない。

「そう。じゃあ、気を付けて帰ってね」

小夏さんが俺を通り過ぎようとする。慌てて、手で制した。花束を小夏さんの鼻先に差し出す。

「これは、あげます。でも、もっと綺麗なものを買う。買わせて……」

「これでいい。ありがとう」

小夏さんは花束を俺の手から取ると、一瞬だけすごく嬉しそうにしたので、不覚過ぎて、心がぐらぐらと揺さぶられる。顔が熱い。近いうちに必ず小夏さんに、もっと綺麗でもっと豪華な花束を絶対に買おうと決める。

「なんだか、思い出した……」小夏さんがクスリと笑う。

「何を？」

「誕生日とか、色々な時に、母には花束が届いた。それを母は『小夏にあげるね』って言って、毎回私に押し付けたの。それには、本当にウンザリしていた。でも、今はそんなことできないじゃない？　でも、田村くんから母への花束をこうして譲ってもらったら、急にそれを思い出しちゃって、すごくびっくりしている」

小夏さんが、花束に顔を近づけると、俺の顔を見る。

「母は世話なんてちっともしなくて『それは小夏にあげた花だから、枯れるまでちゃんと世話をしなさい。私は嫌よ』って言うの。そして、綺麗な花ばかり飾ると『こういうの、息苦しい』ってすごく不機嫌になってしまうから、私は学校の帰りにエノコログサとかヒメジョオンとかタンポポとか、とにかく道で花を摘んできて、綺麗な花束と交ぜて飾ることまでしなくちゃならなかった。学校の帰り道は、どこもコンクリートばっかりで花を探すのって大変だった。それに、私の摘んだ花はいつも早く萎れちゃうんだけど、それを母がたまに見つけると、すごく綺麗だって枯れるまで飾って眺めていた。萎れた花と枯れた花をモチーフにして作品を作っていた時期もある」

「さすが偉大な芸術家だね」

これじゃない。小夏さんに言うべき言葉は違うのに、俺の中にはない。情けない。

「そうみたいね。今も、調子が悪いと伝えると、どこかの誰かからお見舞いに事務所宛てにお花が届くの。それを私が家や病院に持っていくと、コハルちゃんがお花の世話をしてくれる。私より、花の扱いがずっと上手くて、長持ちする。もっと早くコハルちゃんと出会えば良かったのに、それで、いつも通りに喧嘩して、嫌いになって別れて……そうすればみんなが幸せだったのになあ。本当に母は、しょうがない人よね」

小夏さんは、花束を見てから、病院の建物を見上げた。

「小夏さん、このまま一緒に帰ろうよ。『小春日和』に行こう」

ここにいて欲しくない。ただ、そう思う。

「荷物を部屋に置いてきたし、やることがある。だから、後で行く。じゃあね」

小夏さんは俺の視線を避けるように向きを変えて、病院に戻っていく。追いかけることが、俺にはできない。

俺を頼って、俺を見て、何がして欲しい？　どうしたら、苦しくなくなる？　それを小夏さんに伝えるには、まだまだ俺は足りない。

小夏さんの後ろ姿が見えなくなると、大きくため息をついた。

病院から『小春日和』まで、途中、暑くてバスに乗ったりしながら、道に咲いている花や綺麗に見える葉っぱを摘んで歩いた。

『小春日和』に着いた時にでき上がったのは、豪華な花束とは程遠い、貧相な草花の集まり。使わないコップをコハルさんから借りて挿してみる。斜めになって、ばらけて、上手くまとまらない。

「その花を活けるんだったの？　来夢くん、貸してみて。こうするといいかも」

コハルさんがハサミで茎の長さを調整して、花の並びを変えたりしながら軽く紐でまとめてくれた。コハルさんが手を入れるとまとまって、かろうじて花束になった気がする。でも、綺麗とはやっぱり程遠い。

「……ありがとう。コハルさん」

「どういたしまして」コハルさんが微笑んだ。

「これって、ゴミだよね？　どう見ても。お客さんには不快だよね？」

コハルさんに確かめる俺は、臆病者だ。朝の決意なんて、しぼんでしまった。

「いや、こういうのは素朴で素敵だよ。僕も今度、真似をしようって思ったよ。今日はここに置いておこうよ」

コハルさんが、レジの横にコップを置いた。

それからしばらくして、ハンカチで汗を拭きながら小夏さんが入ってきた。

レジを見て、俺を見て、小夏さんは俺があげた萎れた花束の包装を外して、長い茎を勢いよく切り落とした。それを、コップに無造作に挿す。

「これって案外、素敵じゃない？」

小夏さんが、コップの花束をコハルさんに見せた。

「花子さんが家で描いていた絵に、そういうのがあったよね？　あれは、やっぱり額装にして家に飾ろうよ。僕はあの絵がやっぱり好きなんだ」

コハルさんが小夏さんにねだるように言った。小夏さんが「わかった」と答えた。

まとまりのない花達は、なぜか小夏さんにも、この空間にも、よく似合っていた。

# 非常梯子

『小春日和』の下にある古着屋『アニー』の店長であるアニーさんは、小夏さんの母親である花子さんとは小学校からの同級生で、ずっと仲の良い幼馴染である。

アニーさんは毎日のように、休憩を取りに『小春日和』にやって来る。元女子プロレスラーというだけあり、がっしりとした厚みのある身体をしている。そんなアニーさんのファッションは奇抜で、可愛いものが好みだ。

「アニーさん、いらっしゃいませ。半日ぶりね」

小夏さんがアニーさんに声を掛けると、小夏さんを強く抱きしめる。アニーさんは、何かの折に触れて、「小夏は、半分くらい私が育てたのよ」と嬉しそうに話す。

「アニーさん、今日はメスのカマキリみたいに綺麗ね」

抱擁されながら小夏さんはアニーさんに伝える。

今日のアニーさんは、頭につけるフリルのついた名前のわからない被り物、金髪のウィッグ、黄緑のフリフリとしたワンピースに同系色のヒールの高いブーツを合わせている。店に入ってきた時から、俺はアニーさんに圧迫感を感じて、落ち着かない。

「小夏、ありがとう。田村、キャラメルティー。准くん、こんにちは。宗助くんはバイトになりなさい。時は金なりよ」

アニーさんは、俺だけを呼び捨てにする。理由はわからない。

「メスのカマキリというよりも、着飾ったアマガエルじゃない？」

カウンターの椅子に座っている宗助が小声で囁くので「黙れ」と表情で知らせる。

「いや、あれはフリルのついたセロリだろ」

宗助の隣に座っている准さんが付け足して、水を飲みかけていた宗助が噴き出した。

俺も笑いそうになり、二人で厨房に駆け込む。アニーさんは「怒るとたいそう怖い。相手に技が極《き》まるのを見る時は、毎回生きた心地がしない」と小夏さんから聞いているので気をつけないといけない。

「お客様？　来夢くん、宗ちゃん、店を走るのは禁止だよ」

スツールに腰掛けて作業をしていた暇そうなコハルさんが立ち上がった。

「アニーさんだよ。オーダーはいつもので。ねえ、コハルちゃん、メスカマキリは褒め言葉なの？　言葉のチョイスが褒めていない」

宗助は俺の仕事を横取りして、コハルさんに話しかける。

「今日の格好はカマキリなんだね。僕達オスは食べられないように気をつけよう」

コハルさんは大きなため息をついた。小夏さんとランチタイムを挟んでたっぷり二時間の勉強ができたくらい、今日は客が来ない。

「今日は開店休業だ。暇だからさっきサンドイッチを作った。みんなで食べよう」

コハルさんはキャラメルティーと特製クッキーを手際よく用意して、お盆に載せた。

お腹が空いたと繰り返していた宗助が嬉しそうに手を叩いた。

テラスに出て、俺達三人とアニーさんで、黄色のテーブルに、パンがほどよく焼けたタラモサンドや卵サンドが山になった皿や、取り分ける皿を並べる。そして、椅子を六つテーブル周りに配置して、コハルさんと小夏さんを待つ。

アニーさんは愛おしそうに、黄色のテーブルを撫でると、俺達に話し出した。

「あなた達と同じくらいね。小夏が高校二年生の時、これを作ったのよ。あの時も、夏休みだった。図書館でＤＩＹの本を読んで、そりゃあ熱心に作っていたわ。できあがって、ペンキで好きな色に塗って、花子も時折手伝ってね、あの時の二人はなんだか楽しそうだった……」

「俺と同じ年の小夏さんが……」

自分が座る赤い椅子に触れる。小夏さんの作った椅子は、座り心地はイマイチだが安定している。

「テラスに、もう一個テーブルがあればいいなって思っている。小夏ちゃん作ってくれるかな？」

　准さんがアニーさんに聞いた。アニーさんは、ふうっとため息をついた。

「どうかしら？　嫌になっちゃったからね……。夏休みが明けたら、花子がベンチも椅子もテーブルも全部軽トラックで学校に運び込んじゃって、大騒ぎになったのよ。まあ、生徒一人の夏休みの自由課題でこれをみんな持っていったら、それは大変よね。小夏は反省文まで書かされた。教師に言われて、私のプロレスの後輩達に頼んでこの椅子とかを学校から全部運び出したんだけど、それを知った花子がまた怒って……。花子が『うちの子は悪いことなんて一つもしていない。反省なんておかしい』って、とにかく頑固でねえ。あの時、本当に大変だったのよ」

　それから、小夏さんは作った椅子やテーブルをあの家のベランダに山積みにして放置した。それは洗濯物を干すのにひどく邪魔になっていたが、小夏さんも花子さんも、ないものとして過ごしていた。

「すごい話……。小夏ちゃんって、聞けば聞くほど、面白いよ」

　宗助が、感心したように首を振る。

「そうかしら？　花子とお付き合い中だったコハルが、あの家に遊びに行って、この椅子を見つけてすっかり気に入った。コハルが丁寧な手入れをしてから、ココに運んできたの。紆余曲折あったけれど、この椅子達が一番幸せな道になったわね。花子も喜んでね、コハルと二人でこの床を塗ったりしていた」

アニーさんが、愛おしそうにまたテーブルと椅子を撫でた。店番をしているアルバイトのピンクの髪の毛の青年が入ってきて、アニーさんは下に降りていってしまった。

小夏さんとコハルさんが、テラスに出てきた。

アニーさんを待ちながら、五人でテーブルを囲んでサンドイッチを食べ始める。

「あ、少し前に作ったピクルスがあったんだ。食べてくれる？」

コハルさんが立ち上がって店の中に入っていった。

「あ、そうだ。アニーさんとアルバイトくんに、サンドイッチを届ければいいんだ」

小夏さんはガタンと音を立てて非常梯子の蓋を開けて、梯子を下に垂らすと、紙ナプキンに包んだサンドイッチを大事そうに抱えて、梯子を降りていった。

今は閉鎖されて使ってはいけない非常梯子は、古着屋『アニー』の裏庭、兼、倉庫のような場所にピンポイントで降りることができる。小夏さんは非常梯子を垂らす時はコハルさんの目を盗んで使う、と決めている。

「またやったんだね。音がするからわかるんだ」

ピクルスを持って戻ってきたコハルさんはブツブツと文句を言い始める。俺達は「まあまあ」と言いながら、顔を見合わせる。

アニーさんにサンドイッチを届け終え、梯子を上ってきた小夏さんが顔を出す。

「小夏ちゃん、いい加減にして。あの点検オジサンに、また僕が文句を言われるじゃないか。また、話が長くなるじゃないか」

　コハルさんの言う『点検オジサン』とは、この建物の防災器具などの点検者であり、店の常連客でもある。点検整備はばっちりだが、何事においても話が長いのは本当に困る。コハルさんは、この非常梯子の使用に対して注意を受けた後、毎度長過ぎる防災論を聞かされ、仕事に支障が出るのですっかり嫌気がさしている。

「使い心地は問題ないし、これは自己責任ですって、点検オジサンに伝えてよ」

　モグラたたきのモグラみたいに非常梯子の穴から顔を出した小夏さんが答える。

「お客様にそんなこと言えるわけがないよね？　非常口があっちにあるんだから、この非常梯子はなくさないといけない。そもそも非常時の梯子は、非常時に使用するんだよ。何でもない時に使ったら、ただの梯子じゃないか」

　コハルさんの言葉を聞きながら、服が汚れるとか気にしない小夏さんがアザラシみたいな格好でテラスに上陸する。このやりとりは、バイトを始めてからいつも同じである。

「二人とも、また同じ。録音してあるんじゃないかって思うくらい、変わらない。みんな本当に、面白いよね……、思いついた！　メモ、メモ。消える」

　笑っていた宗助が、急にバタバタと紙ナプキンを掴む。小夏さんが胸ポケットに挿していたボールペンを宗助に差し出すと、受け取った宗助は急いでなにかを書き出した。

「何が消えるんだよ。落ち着かないヤツ」

准さんが怪訝そうな顔をして、宗助を見ている。

「詞が浮かんだの、とにかく、ちょっと待ってよ。俺に話しかけないで」

手を振りながら、ナプキンに文字を書きなぐっている宗助の声は上ずっている。

「作詞？　宗助が？」俺は准さんと顔を見合わせた。

「最近、来夢がよくギターで弾いてた、あのメロディーがずっと引っかかっていて、それで閃いたんだ。俺ってもしかして才能ある？」

宗助の言葉ですぐに思い当たる。俺は、最近ずっとギターを弾く時に、作りかけの曲を無意識に弾いてしまう。気が付くとやめていたのだが、宗助の耳に残っていたらしい。

「あの曲の続き、あるんだろ？　来夢、聞かせてよ」

そう言った准さんに、戸惑いながらもしっかりと肯いた。

「君達、これからすぐに曲作りをしたらいいよ」コハルさんが弾んだ声で言った。

「それはいいアイデアだ。完成したら、ここで歌ってね」

俺のタイムカードをコハルさんに渡しながら、小夏さんが追い払うような仕草に見える手の振り方をする。

「嫌だ、俺は時間まで働く。みんなで俺の給料を引くのはやめて欲しい」

俺の意見を、コハルさんと小夏さんは聞こえないかのようにサンドイッチを齧っている。

「今日はいいだろ？　楽器を取りに帰る時間がもったいないから、カラオケボックスでギター借りて、三人で相談しよう」

准さんは、俺の肩を叩いて足早に店を出ていく。後に続く宗助が、紙ナプキンを大事そうに畳んでポケットに入れて、俺に「早く」と言ってやっぱり足早に出ていく。

「お疲れ様。頑張ってね」

声を合わせて言うコハルさんと小夏さんに向かって、外したエプロンを投げるように渡すと、ロッカーに戻って自分の鞄を掴んだ。

その後、三人であーだこーだ言って仕上げた曲のタイトルは『非常梯子』になった。ちぐはぐでカラフルなテラスで、できた曲を三人の前で披露した。

小夏さんと、コハルさんとアニーさん。三人の観客が拍手をくれるまでの照れくさくて奇妙な数秒間は、ずっと忘れることができない。

小夏さんは時々『非常梯子』を口ずさむ。歩いている時、窓を開ける時、歯磨き中、本を読みながら。

小夏さんの細い歌声を聞くと、作詞をした宗助に三ミリくらいの火で嫉妬する。それから嬉しさが込み上げる。

これが、自分が心を込めて作ったものを大切にしてもらえる喜びだ。

# 夏は終わり

学校が始まって、金髪の俺はもういない。少し茶色く見える左側の前髪は、学校の許容範囲だ。

今日は全員集合して、素麺とおでんを食べてから働くことになっている。小夏さんのリクエストは、おでんのコンニャクと白瀧と煮卵と、素麺。

集客の見込める日曜日なのに、十六時までCLOSEの札を下げて、テラスで小夏さんの仮運転免許証取得と、ほぼ二か月遅れの誕生日のお祝いをする。

小夏さんは誕生日をお祝いされるのが苦手で、誕生日ではない日に無理にお祝いをするのが、小さな頃からの決まりらしい。

和風の匂いが漂う厨房で、コハルさんが昨日から用意しているおでんには、当たり前のように鍋を覆うほどのコンニャクと結んだ白瀧と煮卵が入っている。

素麺二十人分をわざわざ有名店から取り寄せて、インターネットでつゆのトッピングの研究をした仕事が休みの桐谷くんが、コハルさんの隣で忙しそうに動いている。

アニーさんと准さんはカウンターの椅子に座り、俺と宗助と小夏さんはカウンターの中に立ったまま、これも小夏さんの好物の一つであるアニーさん特製の牛蒡《ごぼう》の煮物をツマミに、緑茶を飲んでいる。

話題はあちこち移り、今は、准さんの彼女である二渡冴果《ふたわたりさえか》のことになっている。

冴果さんと准さんは高二の終わりから付き合っていて、今は准さんの隣の隣のクラスで、髪が長くて、眉毛を細く整えていて、柑橘系のコロンの匂いがして、話し声が小さくて、スカートは短い、ということしかわからない。

准さんも宗助も俺も、恋愛話は滅多にしない。だから、准さんが右手の薬指につけているペアリングを先週の月曜日に二人で買いに行ったこと、その前に冴果さんの母親に挨拶をしたこと、を准さんが話しているのが、すごく不思議な感じがする。

「准くんの彼女は九月の推薦試験に通れば女子大生なのね。文学を学ぶ？　それはそれはなによりね」

今日は「母の若い頃のもの」だという花柄のレトロなワンピースを着たアニーさんが、どこか関心のなさそうな相槌を打つ。

「ペアのリングを買うなんて、高校生なのにスゴイね。会えない時間はそれを見てお互いを想うんだ。それはそれは、なによりだ」

いつもよりもさらに抑揚がない小夏さんが、三つ編みにした髪に触れてから、お茶を啜る。今日は、アニーさんから一昨年の誕生日にもらったけれど、紅鮭の切り身みたいでなかなか着られないでいたと話す、袖口に銀の飾りがあしらわれている光沢のあるサーモンピンクのワンピースを着ている。

「これからお互いの進路が決まるまで会わないって、准さんは平気なの？　やっぱり、好きになると毎日でも顔が見たいんでしょう？　俺は、離れていても平気だけどね」

派手なシャツを着た宗助が牛蒡を口に入れてから、意味ありげに小夏さんを見た。

「冴果は、自分のことを男っぽい性格だっていつも言っているから、そこは平気だと思うよ。あ、そうだ、冴果からたくさんチョコレートをもらったんだよ。俺の髪の毛を切ってくれるのも知っているから、お礼も兼ねて小夏ちゃんにはチョコレートをたくさんあげてって言っていた。受験が終わったら、小夏ちゃんに会いたいってさ」

准さんは、鞄の中を探ると紙袋を取り出した。

「わー、なんだか怖い。でも、嬉しい。ありがとう。いただきます。アツアツで溶けちゃうから、食べるまで冷蔵庫に入れておくね」

恋愛の話になると平坦に話す傾向のあるらしい小夏さんは、紙袋に手を突っ込んで包装された一口大のチョコレートを豪快に袋から取り出した。いくつかのチョコレートはカウンターのテーブルに小さな音を立てて落ちる。

「俺もチョコ、一個もらっていい？　……あれ？　なんか入っているよ」

宗助が紙袋に手を突っ込んで、青地にピンクのハートマークが縫い付けられている小さな巾着袋を取り出した。青い糸で【お守り】と刺繍がしてある。

「お互いの合格と離れ離れの間に准くんに心変わりがないように祈りを込めて、お守り袋をチクチク作ってくれたんだね。彼女、すごく男っぽいね。中身はなんだろう？　やっぱり、干し肉とか？　見たいな」

小夏さんが、お守り袋を興味津々で眺めている。手を伸ばしたアニーさんが、小夏さんの腕をつつく。小夏さんは知らんぷりをしてお守り袋を見つめている。

「……中身って、普通はお札とかじゃないの？　ほら……」

お守り袋の中に指を突っ込んで、紙を取り出して広げた准さんは、おかしなうなり声を上げげた。准さんの手には、小さく畳み皺がついた婚姻届けが握られている。婚姻届けには准さんと冴果さんの名前が記入されていた。俺は婚姻届けを生まれて初めて見る。

「外で準備してくるね」

アニーさんと小夏さんは、急に素早く動いてテラスに出ていってしまった。

「小夏ちゃん、俺も手伝う」

宗助も急いで追いかけていってしまう。残された俺は、こういう状況に全く馴染みがなく、何と言えばいいのかわからない。カウンターを挟んで、重い沈黙が残る。

「みんな、外に出て。美味しくできたと思うんだ」

タイミングよく、鍋掴みをして鍋を運んできたコハルさんと、素麺をガラスの器に山積みで持ってきた桐谷くんが来たので、俺はホッとしてテラスに出る。

准さんは動かない。カウンターに座ったまま婚姻届けを眺めている。

「昔は、俺もしょっちゅう彼女から将来は結婚してねって言われたもんだよ。女の子にも男の子にもよくあるよ。気の迷いっていうか恋に酔うっていうか、そういうのを通り過ぎて本来の自分を取り戻すんだ。それが大人への階段なんだよ。来夢もそうでしょう?」

呑気そうに宗助が、俺に笑いかける。

「昔って……。そんな階段は宗助だけが上っていけよ」

彼女に結婚を迫られたり、婚姻届けを渡される気持ちは、俺には全く解らない。

置いていかれたような気持ちの俺の後ろで、コハルさんと桐谷くんは、アニーさんから今の出来事を説明されて困った顔をした。

「若気の至りは尊い。素敵なことね」

アニーさんは大きな声で話しながら、ゴマだれと麺つゆの瓶の栓を開けて、麺つゆをガラスの器に注いでいく。

「結婚って勢い、または、タイミングでしょう? コハルちゃんも、アニーさんもお母さんも言っていたね」小夏さんは無表情にコハルさんを見た。

「確かに、結婚はタイミングがある。でも、結婚生活は揺るぎなく持続する愛情がないとできないんだ」

コハルさんは、きっぱりと答える。二人には、言えない言葉があって、それぞれの身体の中をグルグルと回っているように見える。

「いい加減に、コハルの愛情を認めなさい。小夏」

アニーさんは肩をすくめてから、グラスにビールを注いで一口飲んだ。

小夏さんは眉をひそめて、聞こえるように大きなため息をついた。

小夏さんが自分の感情をむき出しにすることはとても珍しい。小夏さんになんと声を掛けようか迷っていたら、准さんがテラス席に出てきた。

「コハルちゃんの意見聞かせてよ。これ、なんて言って彼女に返せばいい？　俺、こういうの大嫌いなんだよ。急に相談もなく、勝手にこういうのされるのは、許せないっていうか、かなり拒否感がある……。とにかく、俺は苦手なんだ」

きつい視線の准さんに指名されたコハルさんは、プランターに植えられたナスの葉っぱに目をやってから、少しだけ姿勢を伸ばした。

「僕は君に相応しくなるように頑張るから、少し先にはなると思うけれど、その時期が来たら考えよう。これはそれまで君が預かっておいて……かな？」

コハルさんは、淡く微笑みを浮かべた。

「さすがです、何も契約とか約束はしていないのに、とても誠実ですね」

桐谷くんは感心したように拍手する。でも、何か言いたげな小夏さんと、不快な表情のアニーさんの顔を見て、ピタリと拍手を止めて小さい声で謝った。

高校生の俺と准さん、宗助。それは、大人と子供。それ以外のみんなの前に、クッキリと引ける線があるのがわかった。

例えば、大好きな人から「結婚して」と言われても、俺はすぐにそれを実行できない。理由は、まず高校生だから、生活するお金がない、親がうるさい……きりがないほどの理由が挙げられることで、自分が未熟者だと悟る。

結婚できないことと、小夏さんに思いが伝えられない理由はほぼ同じことで、俺は勝手に落ち込む。事実として、子供である俺と大人である小夏さんは、遠い存在である。

テラスにいる一人一人も、青い空も、少しキツイ日差しも、ひんやりした秋風も、涼し気な素麺も、おでんの鍋も、なにもかもチグハグで遠くに感じる。

「始めよう」コハルさんがパンパンと手を叩いた。

「小夏、仮運転免許取得おめでとう。少し遅いけど、誕生日もおめでとう」

アニーさんが小夏さんを抱き寄せた。小夏さんは、すごく頼りない顔を見せてから、いつもの表情に戻って、アニーさんに抱きついた。

「おめでとうございます」

桐谷くんがはっきりとした声で言うと、宗助も「おめでと」と言って笑った。

「受かって良かったよ。正式な運転免許を取ったら、運転技術に長けている人と乗って欲しい。とにかく、おめでとう。僕の自慢の娘、よく頑張ったね」

コハルさんがおでんの鍋の蓋を開けた。出汁の香りと湯気が立ち上る。

「小夏ちゃん、免許取得と誕生日、おめでとう」

大きな声で言った准さんが、折り目のついた婚姻届けを三回折って、右手の指輪と一緒にパンツのポケットにしまったのを、俺は見ていた。

准さんがどんなことを思っているのか、俺にはわからない。准さんは俺よりも速いスピードで、将来に向けて進んでいる気がして仕方がない。ここにいるみんなは、俺よりしっかり生きている。それなのに、俺は……。

「田村くん、あれが食べたい。今日は一個、言うこと聞くって言ったよね？」

小夏さんが、店の中を指さした。

「……わかった。あれね。おでんにも素麺にも合わないよ」

ピンと来て、ホッとして、俺は店の中に戻る。

冷凍庫からバニラアイスを出してコップに入れてから、栄養ドリンクの茶色い瓶のキャップをひねる。黄色い液体はシュワシュワと微かな音を立てる。

小夏さんの好物は栄養ドリンクのかかったバニラのアイスクリーム。何かあるとよく食べている。知っている。

俺のリュックには小夏さんのために買った赤いインクのボールペンと、シロワニの写真とぬいぐるみが入っている。小夏さんは欲しいものがないから、考えるのが大変だった。

どのタイミングで、小夏さんにプレゼントを渡そうか考えを巡らせる。プレゼントを選ぶのがこれほど大変で楽しかったことはないし、渡すのにこれほど緊張することもない。俺は、とにかく小夏さんの笑顔が見たい。

これが、今の俺の生きている意味みたいだ。

こんなことでいいのかな？　それしか考えられないから、人より遅れていたってしょうがない。俺は、俺でしかない。

# 二本足の気持ち

九月の連休に差し掛かる土曜日の早朝、澄んだ空気の街を抜けて、『小春日和』に行ったら閉まっていた。明日のバイトの時間と間違えたと気が付いたが、家に戻るのが面倒なので、笹井家に向かうことにした。

チャイムを鳴らして、オートロックを抜けて、またチャイムを鳴らす。

「明日の時間と間違えて、来ちゃった。おはようございます、お邪魔していい？」

「家に来ることはないのに……。どうぞ」

半分身支度をした小夏さんが、ブツブツ言いながらも家にあげてくれた。地味なパジャマのコハルさんが「おはよう」と手を振る。

思った通り、この家は来客を拒まない主義だ。コハルさんと小夏さんを見ていると、そんな気がしていた。

コハルさんはパジャマのまま、俺の分までせっせと朝食を作る。テーブルで新聞を読みながら、小夏さんは髪を結んでいる。これが、いつもの光景のようだ。

「可愛い靴下の裏って気持ち悪いよね。これ定理」

裏地の出た靴下を見ながら、気味悪そうに小夏さんがため息をつく。今日の靴下には黄色のおさげ髪の女の子が描かれているらしいのだが、裏は何とも言えない様態になっている。

「笑顔ですり寄ってくる腹黒い人と同じだよ。今日は目玉焼きにしたよ」

コハルさんは、白いご飯をよそった小夏さんの茶碗にトマトを一切れ載せ、目玉焼きを載せた。

靴下を履き終えた小夏さんは、手を合わせてから味噌汁をすすり、ソースを垂らした目玉焼き丼を食べ始める。この家では夏でも熱いお茶で、皿の節約も普通のことみたいなので、自分の目の前の茶碗に載せられた目玉焼きを食べる。

「やる気があるのはありがたいけど、バイトだけじゃなくて勉強もしないとね」

小夏さんは味噌汁のワカメを口に入れる。

「どうしても欲しいギターがあるし、ドラムの練習台も欲しいんだよ」

俺の主張が通らないことは知っているけれど、小夏さんとコハルさんには思っていることが言える。

「うーん。値上げはできないよ。それにね、満十八歳未満の年少者と言われる人は週四十時間しか働けない。でも君の勉強時間はきっちり時給を引いてあるから、バイトの時間を増やして大丈夫だ。さあ、ほうれん草のおひたしをどうぞ。ポパイも強くなる」

コハルさんはタッパーに入ったほうれん草を俺の方に差し出した。

「ポパイ？」

コハルさんと小夏さんは、俺の言葉を無視してテレビに映る犬を見ている。トボけた顔の雑種の犬で、なぜか二本足で歩いていて、自信満々な飼い主の顔とのギャップがある。

「いいなあ、最初から二足歩行の犬が欲しい」

最近の小夏さんは、暇さえあれば動物を飼う話ばかりする。

「それはいいね。リードじゃなく、前足と僕の手を繋いで歩けるよ」

そうやって答えるコハルさんを見て、後でほうれん草とポパイについて調べようと決めた時、小夏さんの足元でだらりと四本の足を投げ出している中型と思われる犬に気が付いた。ピクリとも動かないが、お腹が上下している。本物だ。

「……犬が飼いたいと言う前に、犬がいるだろ、小夏さんの足のところ」

「今更、何を言っているの？　今まで気が付かなかったの？　ガッツ、そろそろ起きてよ。沙夜子《さよこ》お婆ちゃんは家にいるんでしょ？」

さっさと食べ終わって箸を置いた小夏さんが犬を揺する。コハルさんが「昨日の夜はいたよ」と答えた。名をガッツというらしい犬ははっきりと迷惑そうな顔をしてから、ゆっくり立ち上がると、小夏さんと一緒に玄関から出ていった。

「どういうこと？」

「ガッツは隣に住む八十六歳の沙夜子さんの犬だよ。オス、推定五歳。預かっているというより、勝手に遊びに来る。このマンションは、ペット飼育の許可を出せばいいんだけれど、廊下はリードを付けないといけない決まり。でも、ガッツは首輪もつけずに廊下で待っている。ガッツは小夏ちゃんが大好き。僕の娘は人気者」

「遊びに来るって、犬が？」

「そうだよ。時にはチャイムも押すんだ。ガッツは自由な犬だ。カリカリの餌の食べづらさにも屈しない。せっかくだし、食べ終わったら店に出勤しようか。来夢くんのおかげで、きっと支度が早く終わるよ」

　コハルさんは、使い込んでクタッとした緑のエプロンを外すと、テレビをつけて食事を始めた。『私の恋愛の大失敗』というテーマでインタビューを受けている主婦が画面に映っている。コハルさんは朝の情報番組が大好きだと、小夏さんがうんざりしたように言っていたのを思い出したので、それ以上は話をするのをやめた。

　今日はきっと、ゆっくりテレビを見る暇もないだろう。俺はコハルさんに代わって茶碗を洗うために立ち上がった。

『小春日和』の厨房で、コハルさんが大切そうに箱を取り出した。一つ一つが紙に包まれた食器を受け取ると、小夏さんがやや乱暴に紙を外していく。薄紫で繊細な細工が施された珈琲カップや小皿が出てきた。

「この薄紫の食器はね、花子さんが海外で買ってきたんだよ。とても高価なんだ。この店の開店祝いにプレゼントしてくれた。孔雀フェスタの日に店内で出すアップルチーズタルトと珈琲限定にしている。この食器目当てに来る人もいるんだよ」

コハルさんは嬉しそうに話す。

明日と明後日、孔雀草がたくさん咲く近所の公園では『孔雀フェスタ』が開催される。孔雀草の苗を先着百名に配り、イベントが催され、フリーマーケットと露店が出て、毎年それなりに賑わう。我が『小春日和』では、集客を見込んで『アニー』と共同で公園内に露店を出して、コハルさん特製のアップルチーズタルトとアイス珈琲をセットで売る。『小春日和』の店にも人が訪れ、満席になるそうだ。

「去年、お母さんが珍しく皿洗いなんかしたから一枚割っちゃったんだよね。その粉々になった欠片を、コハルちゃんは瓶に入れてまで飾っている。ねえ、お母さんのどこが好き？　顔はすごく個性的でしょう？　それなのに男性に対しては面食い傾向があって、顔がイマイチ好みじゃない人には冷たいでしょう？　性格は果てしなく気まぐれよ？　それに五回目の結婚よ？　コハルちゃんはお金目当てなの？　でも、思うほどなかったでしょう？　創作なんて限られるし、それに税金が高いもの。この店だって四番目がお母さんの援助がなくなった途端に、赤字でどうにもならなくて潰れて、借り手もいなくて押しつけられたようなものじゃないの。コハルちゃんは家族に大反対を受けて、今だってコハルちゃんのお父さんは許していない。お兄さんも、電話してくる度に、ずーっと怒っているじゃない」

食器を洗い始めたコハルさんの横で、今日のもう一つのデザートであるレアチーズケーキを作る準備をしながら、小夏さんはとめどなく言葉を紡ぐ。マスクとキャップの間から見える小夏さんの目は鋭く、簡単には引き下がらなそうだ。

「来夢くん、交代して」

コハルさんは食器洗いの手を止めて、小夏さんの隣に移動する。俺は、高価と聞いた皿を割らないように慎重に洗う。

「花子さんと結婚した理由は、気が付いたらどうにもならないくらい好きになっていたから。ずっと一緒にいるから必要ないかとは思ったけれど、考えたらやっぱり花子さんにも僕にも、婚姻関係が相応しかった。親兄弟とはずっと性質が合わなくて、名前もなにもかも変えたかった。僕には家族はいたよ。でも、とても孤独だった。そして、四代目の夫さんが始めたこの店を引き継げて、娘もとても良い子だ。僕は本当に幸せだよ」

「なれそめっていうのを、聞きたいな」

手を止めてから俺が口を挟むと、小夏さんは俺をきつい視線で見つめ、コハルさんは肯いた。


柿本隆二は疲れていた。

夜は眠れず、朝は身体が重たい。もう何日もこの症状が続いていて、何を食べているのか、何をしているのかもよくわからない。今も電話が鳴っている。でも、身体が動かない。

きっと電話は切れてしまう。ＩＤがあっても、電話番号があっても、結局は誰かと繋がってなどいない。僕はこの世界で、一人だ。

自分なんて、あってないものだと思っていたのに……。僕の身体は悲鳴を上げている。

目を閉じる。涙はやっぱり出ない。ただ、暗い。

幼稚園の頃に憧れたのは、行きつけの洋食屋の笑顔の優しいコックさんだった。白い帽子がとても好きだった。卒園アルバムに載せるため将来なりたいものを画用紙に書いた。

【コックさんになりたいです】

文字を調べて一生懸命書いた。でも、それは卒園アルバムには載らなかった。僕はその頃から、すでに家族の希望には添うことがなかったのだ。

代々続く事業を継ぐ父、それを支える母、兄は父の跡を継ぐために大手の企業に所属して将来に備え、上の姉は父の秘書として働いていて、下の姉は大学院で経営学を学んでいる最中で、弟は大学生で大きなサークルの中心人物としてミスコンなんかを仕切っている。

それぞれに美しい妻と美しい夫、経済に詳しく資産のある夫、話し方教室に通い始めた彼女がいる。義理の姉兄は、あっという間に増えた。これから彼らに子供ができたら、僕の必要性は薄れるだろう。早く、そうなって欲しい。

大学は、父と兄と同じところに入学した。弟も同じ。姉達は母と同じ大学を出た。大学生活だけは好きなことをやっていいと言われていた僕は、こっそり夜間の調理学校に通って、レストランでアルバイトもした。美味しいと評判の店に食べに行って、料理のことを記録した。そんな生活の中、僕も誰かの心を満たす食事を作りたい、そう強く思ったけれど、そんなことはできないと知っていた。

大学を卒業したら、父が望む通りの会社で働いた。家族が喜ぶような彼女も何人かできた。その時の彼女が喜ぶように、気を配った。僕は楽しんでいるのか……そんなことよくわからないし、考えなかった。

自分なんて、あってないようなものだから、仕方ない。やっぱり僕はそう思った。上司の女性から過度な好意を寄せられたのをきっかけに、僕は会社に行けなくなった。ほとほと疲れてしまったことと対面的なもので、休職期間をもらった。

結局、休職期間中に退職して、ホテルのレストランで働き始めた。料理人としてのスタートは、大変だったけれどやりがいはあった。色々な仕事を任せてもらえるようになった。海外からの特別なお客様の担当を任されて、やる気ばかりあった次の日、解雇された。父と兄が関わっていたことを知って、僕はどうでもよくなった。

自分なんてあってないようなものだ……。そう思っているのに、身体が動かなくなった。

疲れは、僕の身体にべったりと張り付いて取れない。

電話は鳴り続けている。手を伸ばすと、届いた。勧誘でも、なんでも、久しぶりに誰かと話す。少しだけ、ホッとした。

「もしもし？　隆二？　俺、タカナシだよ」

「……ああ、コトリか……」

声と話し方で、すんなりと昔呼んでいた呼び方が出てきた。

「鷹がいないから小鳥が遊べる小鳥遊《たかなし》です、でも名前には鷹がいます」という自己紹介まで思い出した。小鳥遊鷹志《たかし》、通称コトリ。調理学校で知り合ったコトリとは、馬が合って、よく遊んだ。フランスに渡り料理を学び、今は日本にいて高級レストランに勤めている。

彼女ができて結婚したいと思っている、そんな話を聞く。

なにもかも、僕とは遠い話だと思う。

「で、隆二、今、暇ある？　十五日間なんだけど、料理してくれない？って言っているけど無理だよね。もう何人に声掛けたかなあ。最後に、一番時間がない隆二にダメもとで電話して、責任を取ることにした」

コトリが力なく笑った。恩人からの頼みでコトリが引き受けたが、急用で無理になった仕事の代理を探しているらしい。

「責任って、どう取るの？」

「そりゃあ、お金で解決するしかないよね。借金増えるだけだよ」

コトリがまた笑う。コトリには借金がある。少し前は、結構大変だった。今もあまり変わっていないようだ。コトリは僕がお金を貸すと言っても、拒否をして、連絡先を消したり音信不通になったり……。友達には負担をかけないと、きっぱり言ってくれたことを思い出して、自分の身体が動かないくせに僕はその話を引き受けた。

コトリの方が、僕よりも価値がある。

感謝を繰り返すコトリから、仕事の内容と予算がスマホに送られてくる。

有名な芸術家が、十五日間で巨大な壁画を描く。それには、人がたくさん関わる。そのための料理を作る依頼だ。一人で描かないのに、でき上がった作品はその人の名前になるなんて、なんて理不尽なんだろう……。

どこからでも父に繋がる僕の思考は、黒く苦しい。

よく読んでみたら料理といってもコース料理ではなく、栄養がたっぷりある家庭的な食べやすいもの、と定義されている。

誰かに料理を食べてもらう。そのことが、自分を動かしたのがはっきりわかる。起き上がると、僕は身支度を始めた。スーパーに行ってこよう。なにも浮かばないけれど、重たい身体が自分の思う通りに動き始めた。

予算内でやりくりしながら材料の手配をし、車で現場に出向いた。広い野原に設置された壁画用の壁は、見上げるほどにただ大きかった。壁というのは、横に長いと思うけれど、縦に長かった。

僕はしばらくの間、口を開けたまま、早朝の空気の中で、白い壁を眺めた。

美術大学の先生や、学生や、スポンサーや、色々な人が集まってきたが、有名な芸術家である笹井花子の姿は見えない。僕は、与えられた調理スペースで、アルバイトの女性六人に指示をしながら、自分の仕事を黙々とこなす。

驚くくらいたくさんのご飯を炊いて、野菜や肉を切った。大きな鍋をかき混ぜていると、絵本の主人公みたいで結構楽しい。

「そこ、さっき言ったことと全く違う！　おしゃべりもうるさい！」

怒鳴り声と、拡声器のハウリングの音で、僕は驚いた。隣の女性が「隆二さん、仕草が可愛いんですね」とクスクス笑う。僕は、曖昧に笑顔になる。

「ちょっと、見てきていいですか？　このまま、かき混ぜていてください」

彼女に鍋を任せて、僕は外に出た。拡声器の怒鳴り声は続いている。

太陽の当たるブルーシートの上にたくさんの人がいて、みんながその人を見つめていた。

赤いつなぎを着た女性が、拡声器を持たない腕を大きく振り回して怒っている。遠目に見ても鬼気迫るもので、なぜか僕の脳裏には阿修羅像が浮かんできた。

突然、拡声器を放り投げたその人は、ヨガの三角のポーズのような姿勢を取った。すぐに直ると、拡声器を拾ってデッサンの狂いを指摘した。自分のイメージとずれた下絵になってしまったら、それは自分の作品ではなくなるのだ、ということを意外にも理論的に説明し始めた。

僕は彼女の声と拡声器のハウリングの音を聞きながら、自分の場所に戻った。安くて栄養があって食べやすい美味しい料理を作ることに専念しなくてはいけない。あの女性が食べるのだから、心を込めなくてはいけない。

最終日になり、芸術家である笹井花子本人が僕を呼んでいると、マネージャーだという人が慌てて僕を呼びにきた。

ミスでもあったんだろうか……。緊張で喉がカラカラになって、何度もペットボトルの水で喉を湿らせる。

足を踏み入れた笹井花子の休憩所は散らかっていた。簡易的な事務所のような建物で、ソファーとテーブルがあるのはわかったが、色々なものが置いてあって、機能していない。笹井花子は、窓の近くの段ボールとパイプ椅子で食事をしているようだ。段ボールの上にはお盆と空の皿が見える。

「調理担当の責任者、柿本隆二です。ご挨拶が遅くなり、申し訳ございません。失礼いたします」

「こっちに、どうぞ」

笹井花子は、パイプ椅子から立ち上がると、僕を手招きする。つなぎの上に被っている個性的なエプロンには、羽を広げた大きな鳥が描かれていた。

僕は笹井花子の近くに行く。もっと大きな人だと思っていたけれど、小柄で驚いた。顔や手や髪の毛には色々な画材が付いている。木くずであったり紙くずであったり、絵の具であったり。

緊張しているのに、ジロジロとぶしつけな視線を送ってしまう。僕は、失礼だ……。焦って下を向いた。

「これ、娘が食べちゃったの。おかわりってある？」

「はい？」息を整えて顔を上げると、笹井花子は、ふと微笑んだ。

「あなたの料理。とても美味しい。あなたの料理を食べている時は、作品のことを離れて、人間として食事をした。だから、これを娘に食べさせたかった。美味しいって、パクパク食べちゃった。あの子が、珍しいこともある……。それで私も余計お腹が空いた。悪いけど、これ、おかわりある？」

それを聞いた途端、僕の目から涙が落ちた。自分でも訳がわからないので、手で拭って、頭を下げて、「今、お持ちしますね」と答える。逃げるように、この場から離れようと思っていたのに、僕の顔にタオルが押し付けられた。柔軟剤の匂いがする。

「使って。今持ってきたタオルだから、それなりに綺麗よ。洗濯機が信用できるなら」

笹井花子は淡々と話す人だ。

「すみません。すみません……失礼を……」

「私に謝るのはやめなさい。謝られるのは嫌いなの。謝るなら、挽回すればいいじゃない？　まあ、あなたが何に対して謝ったのか知らないけども」

「……僕が謝ったのは、みっともないところをお見せして、という謝罪です」

　僕はそう答えた。

「あなたは相当ひねくれ者ね。うちの娘と同じ顔をしている。そういうのって、大変なんでしょうねえ。……ちょっと、ココから見てちょうだい」

　笹井花子は窓の外を見て、僕にもう一度手招きをする。僕は、身体を伸ばして窓の外を覗いた。完成間近の壁画が見える。波のような模様と、たくさんの生物……どれもとろけるような形で、空に向かって駆け上がっていくようだ。色合いも、見たことない不思議な絵だ。

「すごいですね。綺麗です」

「そうでしょう？　あれ、私の娘なの。ここから見ると、あの子、特に素敵ね」

　笹井花子の視線を確認して、僕はもう一度窓の外を見る。

　探すまでもなく、紺の制服の女子高校生が一人こっちに背中を向けて立って、壁画を眺めている。おさげに、大きなリュックと長めのスカートの、どこか幼い印象を受ける子だ。

「娘さん、ですか……」

「そう。毎日私の荷物を持ってきてくれる。そして、少しだけああやって眺めて、荷物を持って帰っていくの。『伝統のある我が校には様々な校則があって、小夏さんは度々違反をしていますので注意してください。他の大学を志望するには親の届出が必要で、制服で大きなリュックを背負って学校に行ったらいけなくて……』さっき、学校の先生から電話をもらった。なんで？」笹井花子は首を捻る。

「さあ……」

僕もよくわからない。窓の外で、笹井花子の娘はくるりと右に向いて、帰っていく。一瞬だけ見えた顔は、笹井花子には似ていない。でもあの子は良い子に違いない、と僕はなぜか思った。

「あなたは空なんて飛べないし、海の底では暮らせないの。別の世界なんてないのよ。現実世界をもっと楽しみなさいよ。それと、さっきの豚汁のおかわりを持ってきて。あと、私におにぎりを作ってよ。急に食べたくなった。具はなんでもいい。でも、生ものは嫌よ。おにぎりって、そういうものでしょう？　私、お腹が空いたんだけど……」

笹井花子は、本当にお腹を空かせている。娘にご飯をあげたから。それが、可笑しくて堪らなくなって、泣きながら笑った。この人は、可愛らしい人間だ。

お腹が痛くても笑い続ける僕を、笹井花子は鼻で笑ってから、空の器を差し出した。

「急いで豚汁のおかわりをお持ちします。それと、おにぎりですね。わかりました」

笑いをこらえる合間に、必死に伝えると、笹井花子は肯いた。僕は、お盆に空の器を載せて、急いで調理スペースに戻る。白いご飯は残っていたし、卵が残っていて、鮭があったから……。頭の中はすぐにできる美味しいものを考え始める。

急ぐ目の端に、笹井花子が描いた壁画が見える。

あれは、きっと頑張って生きることを褒めてくれている絵に違いない。僕は、僕だ。自分はずっと僕の中にあった。僕は僕でしかなかったのに気が付かなかった。あってないような自分にしていたのは、僕だった。


コハルさんが話し終えて、小夏さんの肩にそっと手を置いた。そんな出会いから、今のコハルさんになるまでに紆余曲折があるのだろう。もっと聞きたい。でも、これ以上は今聞くことができない。今、ここで俺が思い出に踏み込むのは、なんだか違う。

「コハルちゃん、ある程度はわかっていたことでしょうけれど、現実は違うでしょう？　もういい。逃げるって言葉は違うけど、逃げて、歩き出していいからね。罪悪感なんて持たなくていい。私達は、紙きれ一枚の関係だから」

小夏さんの強い視線は消えて、ひどく弱々しい視線をコハルさんに向けている。それなのに、どうにも厳しい言葉を小夏さんは飛ばす。ちぐはぐだ。

「僕はコハルちゃんと呼ばれるのが嬉しい。兄妹みたいでもいいから、このまずっとこの関係でいたい。君と僕は家族なんだよ」

コハルさんは小夏さんをハグする。小夏さんはコハルさんを振りほどいて、マスクとキャップを放り出してエプロンを外す。

「手伝い、終わり。バイトに行くね」

今日は、大柄の水玉のシャツに数種類のタータンチェックの切り返しのスカート、という不思議な服装の小夏さんはそのまま店を出ていったようで、ドアの閉まる音と鈴の音がした。

「……小夏さん、どうして、ああなんだろう」

「僕の花子さんへの気持ちは、倒れてしまった今でも、何も変わらないんだ。それは僕にとってはとても簡単なことだけど、小夏ちゃんはそれを簡単には感じない。感じることができない。なにかしらの責任を感じてしまう。それが、僕のためを思ってくれているのはよくわかる。でもね、それも含めて、僕は幸せなんだ」

コハルさんは視線を上げないで、話す。

俺にはなにも言えない。こういう時に何が一番良い言葉なのか、全くわからない。経験値の不足を思い知らされる。

「小夏さんって、最近ここの仕事はやらないね。マッサージのバイトが忙しいの？」

液体が容器に注がれる音だけが聞こえる静けさには耐えられなくて、話を変えた。

最近の小夏さんは基本的に、家庭教師の時間にしか『小春日和』に顔を出さない。

「最近、卒論の仕上げをしている。花子さんは見たいだろうね。小夏ちゃんの考えているること、できたもの……」

コハルさんはひとり言みたいに呟いて、また作業を始めた。

「でもね。時折、ああやって吐き出すようになったんだ。もっと暴れてもいいくらいだと僕は思う。僕と同じには、させないよ」

コハルさんは首をくるっと回して、今度は店の開店準備を始めた。

# 一人の時間

高校ではスマートフォン、携帯電話の類は、朝の時間に先生に回収される。それは職員室の金庫に入れられ、帰りの時間に再び手元に戻ってくる。八年前に集団カンニング騒ぎがあったのでそういう制度になった。先輩には感謝する時もあるし、余計なことをしてくれた、と言いたいこともある。

廊下の隅で、手元に戻ってきたスマホを操作して、画面を選ぶ。

笹井花子が今までに制作した作品は、モデルがよくわからない立体彫刻、子供の絵みたいな単純な線の油絵、そして細密で写真かと思うような鉛筆画、萎れた花のスケッチ、大きくて切り分けないと写真に写らない絵、様々だ。

芸術家、笹井花子本人の写真はペロペロキャンディを持ったものが多く出てくる。笹井花子は大きなペロペロキャンディを舐めながら作品の制作に取り組む、と注釈がある。

シャッターの音がして、顔を上げる。相変わらず首からカメラを下げた凛が、俺の後ろから画面を覗き込んでいた。

「笹井花子の本を貸してあげようか？　覚えてないだろうけど、その人はアタシの尊敬する芸術家の一人だよ。『潜水夫』っていう作品がモチーフのマグカップを写真部の後輩の誕生日にあげたし、去年のアタシの誕生日には、写真部のみんなから『波の光』っていう作品のレターセットと砂時計をもらった。写真部は、笹井花子リスペクトの人が多いの。笹井花子の作品集も揃っているよ。来夢もやっと、興味が出てきたの？」

凛が発する「誕生日」という言葉を聞くと、何度も繰り返す後味の悪さがまた顔を出す。悪いことはしてはいけない理由はそういうことか、と思いつく。

傷つけたことがわからない人間、傷つけることが楽しい人間、傷ついたことがない、または綺麗さっぱりと傷を忘れた人間は、今、俺が感じているこの後味の悪さのようなものを忘れて、また同じことを重ねるのだろう。くだらないかもしれないが、なかなかいい考えだと自分を褒めた。

「変な来夢。また、前と変わったよ」

凛がまたシャッターを押した。

「どんな風に？　自覚はない」

「今は誰かの影響を受けて、大人ぶっている感じ。そういうの、背伸びって言うんだよ。カッコつけても、結局は来夢だからね」

凛は俺の顔を眺めて、ツンとした表情になる。

「なんだよ、その言い方。言いたいことがあるなら、はっきり言えよ」

「アタシは来夢に言いたいことなんて、一つもないからね。それにね、なんでも言ってもらわないとわからないって、おかしいことっていい加減に気が付いてよね」

凛は俺に向かって舌を出すと、向きを変えて歩いていった。

「よお、来夢。凛ちゃんと密会してたの？　復縁できそう？　もう帰る？」

宗助が歩いてきた。

「密会なんて、復縁なんて、するわけがない。宗助、今日、『小春日和』に行かない？」

「あれ？　バイトの日？　今日は無理。予備校でテストがある。じゃあ、先に帰る」

宗助は手を振って、足早に帰っていった。

今日はしっくりこない。

バイトではないけれど、財布の中身を確認して、俺は一人で『小春日和』に向かった。

コハルさん一人で切り盛りしている『小春日和』には四人の客がいたが、忙しくはなさそうだった。俺は、カウンターに座ってコハルさんに珈琲を注文した。コハルさんはにっこりと笑ってから、注文票をそっとカウンターに置いた。

「今日の田村はお客なのね。客の視点から職場を見るのは、とても大切なこと」

少し前に来ていた様子の休憩時間のアニーさんは、カウンターに座ってサンドイッチをつまみ、キャラメルティーを飲んで、雑誌をめくっている。今日のアニーさんはまるでアゲハ蝶に擬態をしたピエロだ。

俺は、カウンターと厨房の間にある備え付けの仕切りを眺めた。

「アニーさん、前から思っているけど、この仕切りは邪魔じゃない？」

「そうねえ。この店を設計した花子の四番目の夫、その人が、音楽系の喫茶店をやりたいって言い始めた。でも、すごく緊張するタチでね、仕切りがないと視線が気になって作業できないって言うから、花子がわざわざ自分で作ったのよ。でも、結局上手くいかないまま閉めたの。そのままにしていたこの店を、コハルが引き継いだ。ひどく準備を急いでいたから設備はそのままで、内装だけ変えた。この仕切り、客の様子が見えないから大変よって私は何度も言ったのに、そのままにしている。小夏がお気に入りのあの非常梯子もそのままよね」

アニーさんは、仕切りを見ながら言った。

珈琲の香りが漂ってきて、俺は息を吸い込んだ。仕切りの奥で、ジョウロみたいに注ぎ口が下の方についた銀色のポットを使って、コハルさんが珈琲を淹れている姿が思い浮かぶ。どこからか仕入れてくる珈琲豆を粉にして、ポットのお湯を注ぐコハルさんはいつも真剣で、小さな円を描くようにお湯を注いで蒸らす、それを六回繰り返す。珈琲を淹れるコハルさんを見せたら客が増えるんじゃないかといつも思っているのだが、その姿は誰からも見えない。

「花子さんって変わり者なの？　やっぱり、芸術家だし……」

「田村、職業は人間そのものではない。花子は普通の人。でも、作品のことを思いつくと頭がいっぱいになって、他のことはあまり考えられなくなるところは変わり者って言われても仕方がないわね」

アニーさんは俺の顔を見て、また仕切りを見た。

「その頭がいっぱいの間に、小夏さんをアニーさんが預かっていたの？」

「預かった。でもね、今思うと、私も試合とトレーニングがあったし、短い期間だけれど結婚もした。私には私の人生があった。それを小夏はわかっていた。だから、一人で遊ぶ手のかからない子だった。あの子は、すごく気の回る子供だったのね。今になったら、なぜかよくわかる。私は巡業に行くと、小夏に神社とかお寺でお守りを買ってお土産にあげていたの。あの子がランドセルに代わる代わるつけていた、色んなお守りのことを今でも時々思い出す。あのお守りは健気で綺麗だった」

アニーさんは、遠くを見るように目を細めた。

「小夏さん、今とは違うんだね。今は良い子とは遠い感じ。言いたいこと言うし、服装も派手っていうか、ちょっと変だ」

そして、それはすごく俺には魅力的だ。そう言葉に出さずに付け足す。

「そう？　あれはあれでタッキーファッションになっている。小夏が花子の作った服を着るようになったことは嬉しい。小夏って不思議な子よねえ。子供の時は大人びていて、大人になったら子供みたい」

「あの変わった洋服って、花子さんが作ったの？」

俺が驚くと、アニーさんは不思議そうに肯いた。

「田村は知らなかったのね。ある日、花子が急に洋裁をやり始めたのよ。好みの柄の生地をどんどん買って、ミシンで縫って、色々な服を作っていた。器用で感心したわね」

アニーさんは何か言いたげに、俺の耳たぶに視線を置いた。学校から出てすぐに付けた金の羽根のピアスがぶら下がっている。

「小夏さんと花子さんは喧嘩ばっかりしていたの？」

「いいえ。しないように生活をしていた。花子と私は、小夏のことでよく喧嘩をした。私は、親になったら自分を変えて、子供のことを一番に優先するのが正しいと信じていたけれど、今になって思えば、私は逃げていただけかもしれない。子育てするってことは大変なことでしょう？　芸術を生み出しながら、子供を育てるって……。それに……」

アニーさんは言葉を探すように、目を動かして、ため息をついた。

「田村、ごめん。この話は、もうやめましょう」

俺が肯くと、アニーさんはキャラメルティーをポットから注ぎ、香りを嗅いだ。

「お待たせしました。来夢くん、どうぞ召し上がれ」

コハルさんが珈琲を運んできてくれたので、アニーさんはホッとしたようにまた雑誌を読み始めた。

俺は、ミルクも砂糖も入れずに珈琲を一口飲んだ。コハルさんが淹れる珈琲の香りは朝を思い出す。草がたくさん生えてひんやりした空気の匂い、一泊の遠足とか、キャンプとかで、朝早く外に出て深呼吸をした時の新鮮な空気だ。

「珈琲って、美味しいんだ……」

思わず口から言葉が出ていた。

コハルさんはゆっくりと目を閉じて、そっと微笑んだ。

# 風と雨

　十月の最初の日曜日。朝の支度をしているのだが、雨が降ったりやんだりで、風も強い。本日三回目の宅配便が届く。宅配便が届く度に、准さんと俺はドアを押さえたり、入ってきた濡れた葉っぱを拾ったり、いつの間にか砂でざらつく床を拭いたり、そんなことばかりしている。

　小夏さんは、素知らぬ顔で宅配便を受け取り、段ボール箱を開けて中身を取り出す。先の二回の宅配便はどれも仏像彫刻の本だったが、三回目は食べ物のようだ。

「家には冷凍の牛丼の具も二十袋届いたし、アイスも届いたし、稲庭うどんのセットもカニ鍋セットも、フグもアンコウまでも届いた。うちの冷蔵庫も冷凍庫もいっぱいだよ。通信販売をやるのはいいけど、無駄遣いが過ぎるよ」

　コハルさんが、珍しくきつい口調で注意した。

　小夏さんはコハルさんを無視して、取り出した袋の中身を並べたガラスの皿に分ける。

「おやつにしようよ。ナタデココはココナッツミルクをナタ菌で発酵させて作るんだよ。ナタ菌って、グラム陰性の好気性細菌なの」

小夏さんのわけのわからない講釈を聞きながら、カウンターに座って、口の中のものを噛み締める。イカのぶつ切りみたいな食感とシロップの味が上手く融合できない。

「今さっき、宅配便で届いたやつだよね？　これを二キロも買ったの？」

コハルさんも皿を取ったが、段ボールの中の説明書を読んで、結局手をつけず、ため息をついた。このところ、とにかく小夏さんは通信販売をよく利用しているらしい。

「春になると食べたくなる、ナタデココって、桜餅みたいで美味しい」

小夏さんが平然と言うが、春じゃないし、桜餅の味なんてしない。

「よくそんな出鱈目《でたらめ》が言えるな。小夏さん、このところ、おかしい。昨日だって、急にセカセカして大学に行ってしまって俺の家庭教師をすっぽかした」

俺との勉強時間を忘れるほど、小夏さんはバタバタと忙しく動き回っている。

「それは、謝ったでしょう？　実験は時間が決まっているの、仕方がないこともある」

小夏さんは下を向いた。小夏さんはこのところ卒業論文のための追加実験をしていて、大学の研究室に毎日不規則に通っている。

また扉が開いて、四回目の宅配便が届いた。颪は店内をぐるりと回って、レジに置いていた伝票が飛ばされる。俺がそれを慌てて拾いに行くと、小夏さんがなにやら配達員に伝えている。配達員は大きな包みをそれぞれに一つずつ抱えてテラスに向かい、戻ってきた。そして、小夏さんからサインをもらうと店を出ていく。

「今度は何なの？　いい加減にしてよ」

コハルさんはすっかり怒ってしまったようで、小夏さんを見ない。

「仏像を作るの。それの材料」

レインコートを着ながら、小夏さんが叫ぶように答えた。

「仏像？　こんなに忙しい時期にどうして？　とにかく、テラス席だけは空けてよ。小夏ちゃん、わかっているの？　ここは店なんだ。君の遊び場じゃない」

うんざりした表情のコハルさんは言い捨てると、顔をごしごし擦る。

「わかっている。とりあえずの置き場所だよ」

小夏さんは、セカセカした様子で店を出ていった。

「コハルちゃん、そんなにイライラしない方がいいよ。小夏ちゃんの卒論って、なんだかすごく難しいテーマだって言っていたじゃない。ストレスじゃないの？」

准さんが、ナタデココの入っていた器を重ねて立ち上がると、ちょうどお客さんが入ってきた。

コハルさんは、ため息をついてから肩をぐるぐる回して仕事を再開する。

いつにも増して盛況だったランチタイムが終わったら、客は全くいなくなった。俺と准さんが話をしていたら、杖をついた白髪のお婆さんが杖にリードを結んだ犬を従えて堂々と店に入ってきた。

小さな顔に大きなサングラスをかけて、小柄な身体に赤いカーディガンを腕に通さずに肩にかけ、第一ボタンでとめているので、店に入ってくる風でカーディガンがひらひらと揺れていた。そのカーディガンの下にはSの文字入りのTシャツを着ている。

「スーパーマンみたい……。でも、犬はマズイ」

准さんは、お婆さんに近寄ると動物は店に入れないことを説明し始めた。犬はお婆さんの足元にお座りをして欠伸をした。気怠《けだる》そうな態度の犬に見覚えがあって少し考える。

「あ、ガッツ？」

俺が犬に向かって言うと、お婆さんが「はいはい、ガッツですよ。こんにちは」と答えた。この人が、笹井家のお隣に住む沙夜子さん、八十六歳。

奥から出てきたコハルさんと沙夜子さんとの非常にノンビリした挨拶が終わると、俺はガッツを下の『アニー』の店先に連れていくように頼まれた。リードを引っ張ったらガッツは迷惑そうな顔をした。

「ガッツ、そんな顔してはいけません。このお兄さんの言うこと聞きなさいな」

沙夜子さんがガッツに言うと、四本の足で立ち上がって、渋々といった様子で歩き始めた。

『アニー』の店先にガッツのリードを繋いで戻ると、沙夜子さんは窓際の席に座ってコハルさんと向き合っていた。

珈琲を准さんが運んでいくと、沙夜子さんは本当に嬉しそうな顔をした。

沙夜子さんは、珈琲を一口飲む度に振り向いて、俺と准さんに話しかけてくるので、これでは話がしづらいだろうと思って、沙夜子さんと向き合うコハルさんの近くの椅子に二人で並んで座る。

沙夜子さんは、お土産だという深緑の包装紙に包まれた箱を、テーブルに置いてコハルさんの方に滑らせた。コハルさんはお礼を言いながら丁寧に受け取った。

「最近、どうにも調子が優れなくって、病院に行って検査をすることになったの。入院するから、ガッツをあなたと小夏ちゃんに頼みたいのよ。勝手ばっかり言うんだけれど、ガッツも小夏ちゃんなら安心でしょう。あなたもいるし、ねえ？」

小柄な沙夜子さんがコハルさんを見上げた。

「もちろん、お預かりします」コハルさんが肯いた。

「ああ、良かった。ホッとした」

沙夜子さんは珈琲を美味しそうに飲み干した。すぐに准さんは、おかわりを入れるために立ち上がった。

二杯目の珈琲を飲みながら、沙夜子さんは、昔家族で行った草津の温泉の話をした。コハルさんが呼んだタクシーが来るまで、沙夜子さんは准さんに家族構成などの質問をして、答えを聞くとやたらと感心していた。

タクシーが『アニー』の前に到着すると、沙夜子さんはガッツの頭を撫でて、オヤツだという骨の形をしたガムと、食事である缶詰や箱を、階段の下に置いてあった袋からたくさん出して見せてから、コハルさんに渡した。

「じゃあ、ガッツ。良い子だって十分にわかっているけど、良い子でね」

沙夜子さんはそう言ってから、准さんをジイッと見た。

「あんたは本当に、イイ男だねえ。あの人に似ていて、嬉しかった」

沙夜子さんは、困ってもごもごとお礼を言う准さんの頬を少し撫でて、タクシーに乗り込んだ。

沙夜子さんの乗ったタクシーが出発した直後、ガッツが走り出そうとしたので、俺はリードを引っ張って結構必死で止めた。諦めたのか、ガッツは力を緩めて、『アニー』の店先で、お腹をぺたりと床にくっつけて動かなくなった。

「ここだと、『アニー』の邪魔になるなあ。ガッツ、ちょっと移動しよう」

コハルさんが、ガッツを揺するが動かない。

アニーさんとピンクの髪のアルバイト青年も店から出てきて、みんなで代わる代わるガッツを撫でたり揺すったりしたが、ガッツは動かない。人間で言うと眉毛のあたりを動かしてこちらの様子を窺っている。

みんなで困っていたら、小夏さんがやって来た。

小夏さんの姿を見るなり、ガッツは立ち上がって尻尾を振った。

「どうしたの？　ガッツがいる」小夏さんはガッツの頭を撫でた。

「沙夜子さんが検査入院をするから預かったんだ。でも、店の裏に連れていこうとするんだけど、ここから動かない。ここだと、お客さんの邪魔になる」

コハルさんが困り顔で言った。

「ガッツ、聞いて。ここは店の入口なのよ。ここにいると、店に入りづらいじゃない？二階は食べ物と飲み物を扱う店だから、毛皮が駄目なの。……そう、理解してくれた？この『アニー』の裏にガッツの場所を作るからそこにいて欲しいんだけど……そうなのよ。人間って面倒だよね、わかる……。沙夜子さんは今日はここには戻らないから、一緒に家に帰るから、少しの間……本当？　ありがとう、さすがガッツだね」

小夏さんが頭や胴を擦りながら、間を開けて話す。ゆっくりと起き上がったガッツは、小夏さんの前を歩いて『アニー』の店の中に入っていった。

『小春日和』に戻った小夏さんは、沙夜子さんの置いていった深緑の包装紙を豪快に破って開けた。綺麗な金平糖や鯛や花の形の砂糖菓子が、それぞれ袋に入れられて箱の中に並んでいた。

「日本のものって繊細で綺麗ね。沙夜子さんの心遣いも綺麗。沙夜子さんが戻るまで、今日からまた三人暮らしだね。久しぶり、三人って」

小夏さんは、指で金平糖が小分けになった透明な袋を辿っていく。

「そうだね。少しだけだけど、三人で暮らそうね」

コハルさんは金平糖を見つめて肯いた。

それからガッツは、毎日コハルさんと一緒にマンションから出勤し、『アニー』の裏庭で太陽の光を浴びて、毛皮が熱くなると日陰に移動し、水を飲み、狭い範囲で自由に過ごしている。アニーさんも、ピンクの髪の毛のアルバイト青年も、ガッツを受け入れ、可愛がっている。ガッツが待っている沙夜子さんは、約束の三日が過ぎても病院から戻ってはこない。

誰かが沙夜子さんの名前を出すと、ガッツは悲しそうなため息をつく。

それを見てから、ガッツの前では沙夜子さんの話をしないように、みんなが気をつけるようになった。

犬でも誰でも、悲しむ気持ちをそっと包む優しいルールがここに存在することに、俺はなぜだか安堵する。

# 簡単

　このところ、日曜日は開店すると同時にやたらと忙しい。今日は、ランチタイムが終わる前に、急に客がいなくなった。残念なような、ホッとしたような時に、手を繋いだカップルが来店した。お互いをつつき合いながら、メニューを見始める。水を持っていきながら観察をする。くだけた服装ときちんとした黒髪から、就職活動を終えた大学四年生だろうと目星を付ける。小夏さんと同じ年くらい。

　少し前に足りなくなったものを買いに出ていた小夏さんが、荷物を抱えて戻ってきた。まとめた髪に、ヒマワリ柄のシャツ、リボンがたくさんついたリボン柄のベージュのロングスカートは、小夏さんが歩く度、カサカサと軽い音がする。

「やっぱり、小夏だ。服装も雰囲気も変わったね……。来ちゃったあ」

　語尾が間延びした独特の言い方で、女の方が手を振った。遠慮しない小夏さんが「うげげげ」と言った。それを聞いて気まずそうに顔を見合わすカップルを見て、小夏さんが全く期待していない訪問だと察する。

「いらっしゃいませえ。ミナとサネアツくん、ごゆっくりい。私は忙しい」

真似をしたのか、語尾をだらっと伸ばした小夏さんは、荷物を持って頭を下げて、カウンターに入っていく。その後を、カップルの女性は水を持って追いかける。男性は少し迷った様子で、メニューを抱えて水を持った。

「待って、待ってよ。小夏が私達に会いたくないのはわかる。でもね……」

話を続けるミナさんの言葉を要約すると、小夏さんとミナさんは友達だが、何かの理由でしばらく会っていない。

「待たない。会う必要がない。何とも思わない。私にはもう関係ない。いちいち顔色を窺って欲しくない。知る必要がない。ついでに言うと、知りたくない」

小夏さんはいつかの時みたいに、ないない、と歌うように繰り返しながらカウンターを布巾で拭き始めた。取ってつけたような困った微笑みを浮かべているミナさんの横で、小夏さんをただ見つめるサネアツくんが口を開いた。

「小夏、少し痩せたんじゃない？　身体は大丈夫なのか？　考え過ぎたりはしない方がいい。それにしても、その恰好……。まあ、学生の間は小夏の好きにすればいいよ。卒業なんて、一年くらいどうってことない。小夏は就活もしていないようだし、自分のタイミングでいいんだから、とにかく無理するなよ」

顔を上げた小夏さんは、サネアツくんに平坦な視線を向けた。サネアツくんは、柔らかい微笑みを浮かべ、小夏さんに親しげな視線を送る。

　俺は、小夏さんを呼び捨てにして、一気に親密な空気を出したサネアツくんを凝視してしまう。この人、小夏さんのなんなんだ……？

「それって、誰から聞いた情報？　自分の卒業が遅れたら大騒ぎするくせに、他人のことだと簡単に言ってくれるのね。私のタイミングってどういう意味なの？　あなたは私の何を知っているの？　無理をしないでどうやって生きていくの？　まだ自分が全て正しいって思っているの？　あなたのそういうところ、ちっとも優しくない。面倒で仕方がない。勝手な勘違いで、私に深入りしようとしないで」

　小夏さんは、遠慮なくズバズバと言葉を投げつけた。さっきとは違い、サネアツくんは顔を強張らせた。小夏さんはサネアツくんとは親密ではない。俺は、ホッとする。

「小夏、それは言い過ぎだよ。アッくんはね……」

　ミナさんが小夏さんに訴え始めた。アッくんは悪くない、私が悪い、でも小夏にはわかって欲しい。それを繰り返す。

「ミナ、言いたいことは終わったの？　じゃあ、私の話も聞いて。誰かに許しを無理に請うて承認された幸せなんて、おかしいことくらい、考えたらわかるでしょう？　わざわざ人の行動範囲に踏み入ってきて、それをわかってもらって帰ろうなんて、くだらないの。自分が悪いって口では言うのに、自分のことばかり言って、私の意見を言い過ぎだなんて、今のあなた達の行為に自己満足以外に何があるの？」

　無表情の小夏さんは突っぱねて、二人を交互に見続けている。

　二人は固まったまま動かない。小夏さんは、俺の方に手を向けて追い払う仕草をした。もっと見ていたいが断念して、注文を伝えに厨房に戻る。

「まさかとは、思うけれど、小夏ちゃん主導で喧嘩をしている？　小夏ちゃんの知り合い？　それとも知らない人？　知らないふりをして僕がスープを持っていった方がいいかなあ？」

　厨房では必ずマスクと白いキャップを被るコハルさんがハンバーグを焼き始めた。宗助はダラダラと皿洗いをしていて、同じマスクとキャップ姿の准さんは、手慣れた様子でパスタを茹でている。

「知り合いみたい。小夏さんに二人が謝って、小夏さんは切り捨てていた。小夏さんはものすごくイライラしている。あり得ないけど、恋愛関係かなって思っちゃったよ……」

　俺が言うと、三人がこっちを同時に見た。

　コハルさんと宗助と准さんは、でき上がった飲み物や料理を代わる代わる持っていき、小夏さんとカップルの様子を厨房で逐一報告した。人間は好奇心に満ちている。

俺は、気になるけれど、聞きたくない。

「私は休憩にするから、誰かあの人達の相手をお願いします。うるさくてかなわない。注文した食事を少しでも残したら、バチが当たるって言ってきた」

険しいというより嫌悪の表情の小夏さんが、厨房に戻ってきた。

「友達なの？　それとも彼氏なの？　何があった？」

准さんが水を向ける。俺が聞きたいことを准さんは聞いてくれた。

「……知りたいだろうから話す。サネアツくんはおそらく元カレにあたる。同じ大学の同級生で、付き合ってはみた。でも、ごく自然に消滅。彼は、同じ時期に私の小学校からの友達と運命的出会いをして今に至る」

小夏さんが、今日の賄いご飯であるコハルさん特製の餡かけ焼きそばのラップを取って、箸でほぐす。時間が経って冷えて、耐久性がない麺は不自然にちぎれる。

小夏さんは、あの彼氏といつ、どれくらい付き合っていたんだろう。非常に気になる……。俺と会う前だろうか、俺が小夏さんに嫌な態度をとっていた時とか？　あのサネアツくんに、俺の愚痴を言ったりしていたとか……？　手も繋いだ？　それ以上も？　小夏さんが甘えたりした？　あのサネアツくんは、清潔な外見で背もそこそこ高い。お金にも困ってなさそう。俺よりは大人で、有名な大学の学生で……。あの微笑み……。

今は違うんだから、どうでもいいと思うようにするが、許せない気持ちになる。俺は、アレコレと思っては落ち着けないでいる。

「幸せを人に自慢しにきたなんて、やれやれだ。小夏ちゃんだって、一時は付き合おうと思ったんだから、心中は波立つよね。食後の珈琲と紅茶をうんと苦くしたい。砂糖の代わりに塩をつけるとか、思うけれど、そんなことはしないよ。ここは店だ。おいしいものを出すという僕のルールに反する」

目だけしか見えないコハルさんは、とても残念そうに言った。

「コハルちゃんのそれはちょっと違う。彼のどんな時も優しいところが好きだったけれど、今となっては自分だけ傷つきたくない狡《ずる》さにしか見えない。そんな人間を好きになりかけた自分が嫌なの。それに、ミナもなんだかズレている。前からそうだけど、拍車がかかっている。みんなには彼氏を取られた嫉妬に見えると思うけれど、これは全く違う感情なの。でも、証明することは無理だから、余計イライラする」

小夏さんは焼きそばを咀嚼《そしゃく》しながら、耳を引っ張っている。

「それ、なんとなくわかる。俺が追っ払ってあげるよ」

宗助は大きく肯いて、手をタオルで拭くと、カウンターに向かった。

「気の毒だね。せめて温かいものを飲みなさい」

コハルさんはコンロの火にかけた生姜のきいた卵スープをなみなみとカップに入れて小夏さんの前に置いた。

固まった餡かけ焼きそばに噛みつく小夏さんが、誰かと恋愛をしていた様子は想像しがたい。思い浮かべてみたが、どうにも上手くいかない。サネアツくん……、やっぱり、許せない。

ミナさんとサネアツくんのお会計を済ませ、食べ終わった皿を持って宗助が戻ってきた。小夏さんは宗助と交代して店に戻り、宗助はまた皿を洗い始めた。

「彼氏の方と話したよ。付き合ってすぐに小夏ちゃんが連絡を無視するようになって、ムシャクシャして合コンに行った。小夏ちゃんが有名な芸術家の娘ってことも、小中高一貫の超お嬢様学校出身だってことも、合コンで一緒になったミナさんから教えてもらって、それを小夏ちゃんに尋ねたら『嘘とか本当とかも、一切言うつもりはない』って言った後、話しかけてもずっと無視されたんだって。それで、彼氏はすごくショックを受けて、やけ酒をした。それを心配したミナさんと付き合うようになった。彼氏は、小夏ちゃんが二人のことを気に病んで留年したり、おかしな服装をしたり、大学に来なくなったりしたのは自分への当てつけなのかも、と気にしていた。完全なる勘違いで面白いけどね。小夏ちゃんが怒るのも無理はない」

ミナさんがトイレに行っている間に、サネアツくんと話したという宗助が何とも言えない表情で話す。その間、コハルさんは何も言わないで作業をしている。

「店長、注文はドリアとオムライスで、食後に珈琲を二つです。でも、ドリアをご注文のお客様はチーズが苦手、オムライスをご注文のお客様は卵が苦手、だからどうにかして欲しいっておっしゃっています。店長、どうしましょう？」

小夏さんが無表情で伝えにきた。少し面倒な客が来た時は、いつもこういう言葉遣いになり、コハルさんを店長と呼ぶ。

「なにそれ、楽しいね」宗助が笑っている。

「小夏ちゃんは、そういう時だけ店長って呼ぶよね。その注文、どうしたものか」

コハルさんがため息をついた。

「チーズ嫌いがオムライスを食べて、卵嫌いがドリアを食べたらいい」

俺がそう言うと、「それがいい」と准さんも同意する。

「世の中は、ややこしくしたい人がたくさんいるんだよ。何とかしましょう」

コハルさんは顔を叩いて、気合いを入れてフライパンを握った。

それを見ている小夏さんの口元に、ニヤリとした笑みが浮かんで消えた。

良かった。俺の知っている、いつもの小夏さんだ。

# キツツキと多忙

小夏さんは「留年が決まっているのに……」と毎度の愚痴をこぼしながら、卒論のために大学に籠って実験や調べものをしている。このところ、時間があれば難しい化学の本を読んで唸っていた。それに加え、俺に勉強を教え、指名予約が入っている日は夕方からマッサージのアルバイトをして、誰かの疲れを薄くはぎ取っている。

小夏さんが、時折ひどく疲れた様子を見せていたので、俺は家庭教師の時間を減らすことを提案した。小夏さんは渋々、俺の提案を受け入れた。

これで小夏さんが楽になると思っていたのだが、小夏さんはお客さんの知り合いである仏像彫りが得意な『田中の爺さん』を『小春日和』に呼び出して、珈琲と引き替えに、仏像の彫り方を教わり始めた。

今日も、田中の爺さんが帰った後、小夏さんはテラスに出てなにかを始めた。コツコツと木を削る逞《たくま》しい音が、テラスから聞こえてくる。

「小夏さんって、自由過ぎてついていけない」

　俺は、このところイライラしている。理由は、小夏さんの中に俺の存在がないからだ。

「……あの子、本当に仏像？　人形だっけ？　それを彫る気なの？　どっちでもいいけれど、テラスを片づけて欲しい。意外と人気があるんだ」

　ため息混じりのコハルさんの言う通り、テラスは落ち込んだ人、冷え性のおじさんに人気がある。テラスの端の方には、ごろりと丸太のような木材が転がったままだ。

「あれ？　二人とも、聞いてないの？　これから俺と小夏ちゃんで、本とか、あの木とかを運ぶんだよ。葉山の方に花子さんの別荘があるんだって。それと、小夏ちゃんの描いた仏像の完成図を見せてもらったけど、上手かった。お母さんから受け継いだ才能があるんじゃないの？　それにしても、ドライブデート、すっごく楽しみだなあ。海鮮丼食べようって、約束している。そうだ、海辺を二人で散歩しよう」

　ウキウキした様子の宗助が、初めてだというナタデココを口に入れて「まるでイカ刺し、しかもシロップ漬け」と呟いた。

「コンコンっていう音が、激しいキツツキみたいでいいですね。まるで軽井沢のようで」

　ナタデココを食べながら、非番の桐谷くんは、柔らかい視線をレモンの入った水に向ける。小夏さんの姿はここからは見えない。

「小夏さんは免許取り立てだし、宗助じゃなくて桐谷くんが一緒に行けよ」

　俺の苛立った言葉に、桐谷くんは丸い目をさらに丸くした。

「一緒に行くのは俺がいいんだって。でも、小夏ちゃんが本気の二股なら、俺はいいからね、桐谷くんも頑張ってよ」

　へらへらした宗助が桐谷くんの肩を揉む。桐谷くんは、宗助をなにか珍しい生き物のように眺めている。

「あの子はね、偏屈なところが魅力なんだよ。とても奥深い」

　初めて話した小夏さんの第一印象は、初々しい女子高校生の皮を被った難聴気味の偏屈な老人だった、と常々話しているコハルさんが、話しながら俺にお盆に載った氷水を差し出した。

「来夢くん、小夏ちゃんに持っていって。水分補給くらいしてってって伝えて」

「何で俺？　……わかりました」

　テラスに出ると、小夏さんは顔と同じくらいの大きさの毒々しい赤と緑が交互にあしらわれた渦巻きを、日光にかざしていた。ペロペロキャンディ。いくら舐めても減らなそうな、久しく見ていない飴。そして食べきった記憶がない飴。

「水だよ。コハルさんが心配している」

　声を掛けると小夏さんが振り向いて、ポニーテールにした髪が大きく揺れる。そして、俺の視線を避けるようにペロペロキャンディをシャツのポケットにしまった。

今日はチノパンに大き過ぎるくらいの長袖のシャツ（ペロペロキャンディと同じ赤と緑のパンダ柄）を着ている小夏さんは、派手だけれど普通の女子大生に見える。

「ありがとう。コハルちゃんの迷惑顔が見たかっただけで、ちょっと削ったけれど、片づけた。テラス席は散らかしていない。すぐに使えるよ」

頬や鼻の頭に汗をかいている小夏さんは、お盆からグラスを取って水を飲んだ。

「仏像を彫るの？」

「うん。やり方はしっかり教えてもらったから、やってみようと思って」

小夏さんは、木材をそっと撫でた。

「やることばっかり増やして、俺の勉強は見ない。小夏さん、少しおかしいよ」

なんで俺じゃなくて宗助を連れていくんだ、とは言えない。俺にはバイトがある。

「田村くんは、私がいなくても大丈夫だよ。それにね、勉強は自分でやるの」

「そうだけど……。仏像を作ってどうするの？　卒論とも、なんの関係もないじゃないか。忙しくなるだけだよ。何のために、俺が……」

「おかしいのはわかっている。ごめんね。少しだけ時間をちょうだい。仏像を作ったら、ほら、なんというか、なんとかなるかな、って思うんだよね」

ひどく歯切れが悪い小夏さんは、コップの中の氷をテラスに捨てた。氷はスカートを穿いたみたいに溶けて広がって、細かい木屑を集めた。

大学と創作とマッサージのアルバイトに明け暮れている小夏さんは、日曜日限定で『小春日和』に現れるだけになった。そんな中、家庭教師を再開してもらったのは俺のワガママだ。

「田村くん、これ、間違っているよ。ここを見て、もう一回」

小夏さんは、俺に隠れて欠伸をした。このところ、コハルさんが「車で迎えに行くから、電話をして。終電前には帰ってきて」と、しょっちゅう小夏さんに電話をしていたのを聞いている。

小夏さんの疲れは、消えていくのか溜まり続けるのか、俺は考えてしまう。

二人の女性が店に入ってきたので、小夏さんが急いで立ち上がって、ドアの方に歩いていく。

「申し訳ございません。まだ開店前なんです」

小夏さんが、申し訳なさそうに言った。コハルさんは、買い物に出てしまい不在だ。

「客じゃありません。笹井小夏さんという方がこちらにいらっしゃいます？」

顔の作りがよく似た二人は沙夜子さんの娘と孫だと名乗り、小夏さんを訪ねて『小春日和』にやって来たのだと説明した。

ガッツの飼い主である沙夜子さんは、検査の結果、病状が芳《かんば》しくなかったので、あれからずっと入院をしている。すっかり弱ってしまった身体は、懸命にリハビリをしても、栄養のあるものを食べても、すぐに元には戻らないらしい。健康に歳を重ねても、お年寄りの身体は脆《もろ》いのだと、実感する。

小夏さんが挨拶をして、珈琲を出すように俺に指示をしてから、二人に席を勧めた。

沙夜子さんの孫娘がさりげなさを装って同年代の小夏さんの格好を上から下までチェックするのを、俺は見ていた。

今日の小夏さんは、市販のグレーのトレーナーに、紺地に色とりどりの金魚柄のジャンパースカートを合わせている。おまけなのかトッピングなのか不明だが、スカートの脇に揺れる金魚型の飾りが並んでくっついている。

いわゆるキレイ系の服装である孫娘とまるで違う。

「ガッツを連れて何度かお見舞いに来ていただいて、本当にありがとうございました。近いうちに、母は私達が住んでいる近くの病院に転院させて、今後のことを色々と考えたいと思っています」

「今後のこと、ですか……」

小夏さんが、沙夜子さんの娘の顔を見つめた。娘といっても俺の母親と同じ歳くらいだろう。しっかりとメイクされた顔は、沙夜子さんには似ていない気がする。

「母は退院するって聞かないんですよ。あなたも母のお見舞いに行っているんだから、ご存じでしょう？　母は、単にガッツのために帰りたいだけなんです。ガッツの顔を見たら、会いたくなるに決まっていますもの。でもね、犬の世話をするのは、母にはもう無理なんですよ。自分のことでも、難しいんです。うちのマンションは小型犬しか飼えない規定になっています。それに、私達も多忙なんです。ですから……、もし、っていうことですけれど、よかったらこのまま飼っていただけるとありがたいと思っています。笹井さんが無理なら、そういう団体に引き取ってもらって里親を探しますから、気になさらないでくださいね。皆様ご多忙ですもの」

柔らかい口調で娘が言った。

「わかりました。そういったお気遣いは必要ありません。ガッツはこのまま、うちの家族にします」

小夏さんは、視線をまっすぐに母娘に向けながら即答した。出した珈琲には一切手を付けず、封筒をテーブルに置いて、母娘は寄り添って帰っていった。

ブランド物のバッグが二つ揺れるのを憎たらしく思った俺は、舌打ちをした。

「田村くん。怒っても仕方がないんだよ。あの人達が無理なものは無理なの」

小夏さんは手つかずの珈琲を見ながら、封筒を持ち上げる。【迷惑料　弐萬圓也】と書いてある。

それぞれに色々な考えがあるのだと、小夏さんの言いたいことはわかっている。でも、俺には理不尽としか思えない。

「その珈琲は、俺が二杯とも飲む」

「どうぞどうぞ」小夏さんは俺の方を見ないで言った。

「多忙多忙って、忙しいからなんなんだよ」

いつもの調子の小夏さんにも、俺が口を挟む余地のなさにも、なんだか嫌気がさす。

この嫌気には、二万円と引き換えにされたガッツも、飲んでもらえない珈琲も、きっと賛同してくれる。

# 枠とお小遣い

今日は、『小春日和』を紹介するための撮影が二件も入っていたので、終わった頃には宗助も俺も准さんもヘトヘトになってしまった。

外が暗くなってきた上に、雨が降ってきた。もうお客は来ないだろう。

「こんばんは。小夏と待ち合わせしているの」

下の階からやって来た仕事終わりのアニーさんは、いつものようにキャラメルティーを頼んだ。今日の格好は、黒地にピンクのハートがちりばめられたチャイナ服のようなドレスだ。アニーさんが席に座って雑誌を開くと、すぐに小夏さんが戻ってきた。

小夏さんは大学に行っていたので、大きなトートバッグを持っている。小夏さんの服装も、今日はグレーの生地にピンクの水玉模様のシャツ型のワンピースなので、二人は親子のテントウムシのようだ。

「雨が降ってきたのね。可哀想に」

アニーさんがハンカチをハンドバッグから取り出すと、緩く束ねられた小夏さんの髪を拭いた。

「電車を降りたら急に降ってきて、ここに着く直前にやんだ。アニーさん、話ってなあに？」

不機嫌な顔で小夏さんはカウンターに入っていくと、コップに水道の水を入れて飲んだ。

「アニーさん、いらっしゃい。小夏ちゃんに何の話なの？　休憩してもいいかな？」

コハルさんがキャラメルティーとクッキーをアニーさんの前に置いた。

「もちろん、いいわよ。コハルにも聞いて欲しい。いつもの高校生三人も座ってよ」

アニーさんが俺達にも座るように手で示す。

俺、宗助、准さん、アニーさんがカウンター席に並んで座り、カウンターの中のコハルさんと小夏さんが手際よくお茶を淹れ、おかきやクッキーを皿に並べる。

「気になる人ができたのよ。小夏の予定を聞きたいの。食事に行きましょう」

アニーさんはピンクのフワフワした扇子を鞄から取り出して鼻から下を隠した。

「アニーさんの恋は夏に始まるのに、この季節なの？　どうして？　調子でも悪いの？　環境破壊が影響しているの？」

小夏さんは真顔で正面のアニーさんに質問をぶつける。アニーさんは変わらず扇子に隠れてにやけている。

「小夏ちゃん、その言い方、やめなよ……。アニーさんは発情期とかないからね」

呆れた顔の准さんが、小夏さんをたしなめる。このところ、准さんはコハルさんとものの言い方が少し似てきた。

「アニーさんに恋人ができたってこと？　ここに連れてきたらいいじゃない。僕が料理の腕を振るいたいな。是非、そうさせてください」

どこか嬉しそうなコハルさんが立ち上がって戻ってくると、コーラの栓を抜いた。コハルさんは必ずコーラを何本か飲む日が月に一日くらいある。そういう時のコハルさんはかなり疲れている。

「コハル、まだ恋人ではないのよ。恋人候補ということよ」

アニーさんは扇子をひらひらと操る。

「ねえ、アニーさんの好みってどんな感じ？　想像できないんだけど……」

俺が聞くと、隣の宗助がウンウン肯く。

「私が教えてあげる。その一、額が広い。その二、少しふくよか。その三、体毛が濃い。アニーさんはこの条件が揃わないと恋に落ちない。それから、優しいとか、よく気が付くとか、付け足される」

小夏さんがスリーピースを出しながら答えると、アニーさんが扇子で顔を隠した。

「条件に当てはまっている人を選ぶの？　変だ。しかも、条件が独特」

准さんが天井を仰ぐ。宗助はクスクスと笑い出した。

「まだまだ甘いわね。好みのタイプって一貫しているものなのよ」

アニーさんはアーモンドのクッキーをつまむと、音を立てて噛み砕いた。

「甘ったるい面食い傾向はあるけれど、好みが一貫しないお母さんとは全く違うんだよね。アニーさんの恋愛には、枠があるの。今回は枠にぴったりはまった人がいたんだね」

小夏さんは立ち上がると冷凍庫から自分用のアイスクリームを取り出して、鞄から出した栄養ドリンクをコップに注いだ。

「また恋ができるのかしら？　花子とは好みが違うけれど、同じ悩みはあったのよ。好みに当てはまる人は年々減少傾向を辿るという深い悩みよ。みんな家庭があったりするし、歳を重ねてカッコいい人なんて一握り、でも、高齢者になったら違うのかしら……。これが最後の恋なの？　つまらないわ」

アニーさんはため息をついた。

花子さんと同い年ということは五十代に突入している。自分の母親世代の恋愛の話に、聞いてはいけないことのような、ソワソワした気持ちになる。その年代と恋愛が結びつかず、上手く考えられない。

アニーさんは、うっとりと話し始める。

酔いを醒ますために立ち寄った公園で、アニーさんは、腹話術の練習をするダイトウさんと出会った。そんな奇抜な恋の始まりの話に、小夏さんが気怠そうに口を挟んだ。

「ねえ、大きな頭って書いてダイトウさん？」

「違うわよ。漢字はオオヒガシさんって書くの。オオガシラさんじゃない」

アニーさんは、首を振る。

「オオガシラさんならいいのに、ぴったり」

言葉に棘《とげ》のある小夏さんは口を尖らせる。

アニーさんは、小夏さんに笑顔を向けると、すごく奥手らしいダイトウさんをどのように追い詰めるかという計画を話し始めた。アニーさんが話すと狩りの話みたいに聞こえて、なんだか怖い。正面にいるコハルさんは、少し体を震わせた。

「アニーさん。なんというか、計画を全て実行するのではなく、少し押したら引いた方がいいのではないのかな？」

コハルさんが、おずおずと発言をした。

「相手を試す必要ってあるの？　私の方には不安なんてないのよ」

アニーさんは迷いなく滑らかだ。

「アニーさんって、恋愛に積極的な女性なんだね。意外や意外」

楽しくて堪らない様子の宗助が、すっかり黙り込んでしまった准さんにちょっかいを出す。

「積極的に動いて何が悪いのよ。当たって砕けて、復活して、また当たったって、いいじゃないの。相手は独身よ？　今のところ、何がどう悪いの？　年齢のことを言う方がおかしいわよ。あんた達高校生は、若いから恋愛していると思って生きているの？　年齢で恋愛感情が消えると思うなんて、愚かだわ」

アニーさんは少し大きな声を出すと、真っ赤なハンドバッグからスマホを取り出した。

「あ、彼から返事が来ている。『お食事はいつにしましょうか？　食べたいものはなんですか？』だって。返信にハートマークはまだ早いかしら？　ねえ、どう思う？」

アニーさんは、ウキウキとした声を出す。こんなに華やぐアニーさんを初めて見る。

「いいんじゃない？　ハートは全人類の合言葉だよ。アニーさん。俺も好きになったら、一直線。だから、アニーさんの味方だよ」

宗助は嬉々として答える。

「宗助が一直線か？　本当に？」

准さんが俺の顔を見てため息をついた。俺は首を振るしかできない。宗助以外は、みんな口が重い。

　小夏さんは、ずっと耳を引っ張りながら暗い窓の外を眺めている。

　そして、アニーさんはスマホが鳴ると、悲鳴のような歓声を上げて、またスマホを弄る。それを六回繰り返して、アニーさんは帰っていった。

「恋愛は本能だってアニーさんは言うけれど、条件に当てはめている時点で理性が勝っているよね？　別れちゃったら、男なんて信用できないっていつも泣くけど、また好きになる。理性と本能の繰り返し。私には理解できないよ」

　小夏さんは、頬杖をついてスプーンで器を弄っている。

「表面的にでも喜んであげたら？　うちの学校の女子はそういうの、上手くやっているよ。でも、俺は小夏ちゃんのそういうところも好意的に見ているけどね」

　スケッチブックを利用した作詞ノートに何やら書き込みを始めた宗助が、小夏さんに声を掛けた。コハルさんが、少し心配そうな目を小夏さんに向ける。

「喜びたい。今度こそはアニーさんが泣いたりしないで、上手くいけばいいなって心から思う。アニーさんは恋愛が始まると、私に皺ひとつない千円札と美味しいわらび餅をくれるから、二週間前にわかっていたよ。小さい時からずっと同じ。そんなご機嫌取りいらないから、幸せになったらいい。私に気を遣う必要ない。アニーさんがくれたお金はずっと貯めてある、いつか返したい」

小夏さんは、ゆっくりとした動作でトートバッグを手繰り寄せると、ティッシュに包まれた千円札を取り出して見せた。

「そんなことはないんだよ。アニーさんは、ただただ、小夏ちゃんが可愛くて、喜んで欲しいと思っているんだよ。みんなで仲良くしたいんだよ」

コハルさんが噛んで含めるように小夏さんに伝える。

「小夏ちゃんとコハルちゃんは、大人が機嫌のいい時にくれる小銭のことを話しているの？　それはお小遣いじゃないか。大人からもらう愛情だ。ありがとうって笑顔で受け取るものだよ。そして、お小遣いは甘ったるくて変な色のお菓子とか、ビニールのバットとか、使い道がわからないようなくだらないことに使う。俺、いっつも、駄菓子を買えるだけ買った。食べるぞーって思って、食べてみると、嫌になって残すんだけどね、なんか楽しいんだよ」

どこか苦しい空気に気が付かず、ノートしか見てない宗助のズレた発言が割って入った。

「そう。そういうもんだ。使えばいいんだよ」

俺も、なんとなく言った。准さんも同意する。

小夏さんはみんなの顔を見回した後、「ふーん」と鼻を鳴らした。

「大人がくれるお金は、私のことを放っておくから、これで勘弁してね、のお金だと思っていた。お小遣いって今までわからなかった。私が使っていいの？　返さなくていいの？」

小夏さんはトートバッグから千円札を取り出して、すごく丁寧に財布に入れた。

「いいんだよ。僕もこれから君にお小遣いをあげる。好きなものに使いなさい」

「いらないよ。やっぱり、アニーさんと、オオガシラさんと、ご飯を食べる約束してくるね。コハルちゃんも、行けたら一緒に行って欲しい。だっていつもその時は、お母さんが一緒にいたんだよ。ねえ、コハルちゃんはいつがいいの？　日曜以外？」

口を尖らせた早口の小夏さんが、コハルさんに言った。

「僕は、小夏ちゃんに日程を合わせるよ。外食は参考になるし、四人の食事を楽しみにしていると伝えてね」

コハルさんが、にっこりとした。小夏さんが肯いて、ドアに向かって歩き出す。

「アニーさんはこの恋愛がすごく上手くいっても、変わらないよね？」

小夏さんは俺達に背中を向けたまま、大きめの声で言った。

「変わらないよ」コハルさんが、大きく肯く。

「変わらない」「当たり前」「ありえない」

俺と宗助と准さんがそれぞれ、声を上げた。

「……初めて、この問いに返事が来た。小学校からの決まった独り言だったのに……」

振り向いた小夏さんは驚いたように言った。そして、急ぐように店を出ていった。

「宗ちゃんありがとう。お手伝いの時の賄いはこれからもっと大盛りにするね」

コハルさんが宗助の頭をポンポンと押さえた。俺も、宗助の柔らかい髪をぐしゃぐしゃに撫でた。宗助はノートに顔をくっつけて唸った。

「やめろよ、来夢。もう、思いついた言葉が消えちゃっただろ」

「宗助、よくやった」

苛立った宗助の声を無視して、准さんがもっと強く宗助の頭を撫でた。

怒った宗助が、准さんの髪を同じようにぐしゃぐしゃとかき回した後、俺にも飛びついてきた。

コハルさんが声を上げて笑って、コーラを美味しそうに飲み干した。

# 黒とミントグリーン

母親に言われた通り、御霊前という袋をコンビニで買った。

「仏様になる前だからね、霊の方を買いなさいよ。間違えないで」

電話から聞こえる母親の声は低くて、親戚が急に亡くなってバタバタと着替えさせられた時を思い出した。まだ半ズボンだった。それ以来、誰かのお葬式には出ていないことになる。

コンビニで霊の字を確かめて買い物を終え、家に帰って袋をテーブルに置くと、母親が財布からお札を出してテーブルに置いた。

「お祝い事じゃないから、新品のお札はダメよ。それにしても、急だわね……」

母親は電話と同じ低い声で話す。

「制服でいいのかな？　お通夜って出たことがない」

「制服以外着るものないでしょう、学生は制服。楽でいいわよね」

母親は太ってきたので、喪服を買い替えないといけないとぼやき始める。いくらか高いトーンに戻った母親の声を聞きながら、いつも襟元を締めずにゆるくしている水色のネクタイを結び直した。外に出ると、日が落ちかかっていた。

宗助と准さんと合流して、セレモニーホールに入る。墨で書かれた花子さんの名前が見えた。今回は、仮名ではない。

不便な場所にあるセレモニーホールで限られた人だけにしたという花子さんのお通夜だったが、人はひっきりなしに出入りしている。列の最後に並ぶと喪服を着たコハルさんと小夏さんが並んで座っているのが見えた。

誰かがそこに立つと、頭を機械的に下げるロボットのように、二人は何度も同じ角度で頭を下げている。

前の人を見て覚えた焼香をして、花子さんの遺影を見上げる。

目の小さい、マッシュルームみたいな髪形の花子さんは、薄い唇を閉じたまま微笑んでいる。ぎこちない微笑みだ。やっぱり顔は小夏さんには似ていないけれど、笑いたくないという感じの笑い方は似ていた。

お見舞いの時に眠っていた花子さんとも、違う人に見える。肺炎を乗り越えて、病状は落ち着いていたはずの花子さんだったが、再び肺炎になってしまい、危ない病状を何度か持ち堪えたものの、一昨日の深夜に息を引き取ったということだ。

俺は、花子さんとは言葉を交わすことができなかった。

小夏さんの方を見た。パールのネックレスとイヤリングをした小夏さんの顔や首筋が、やたらと白く浮き上がって見える。

小夏さんはこっちに向かって頭を下げようとして、俺に気が付いて小さく手を振った。コハルさんは俺に気が付かない様子で、ただ頭を下げた。黒いネクタイが少し曲がっている。その後ろに、喪服を着たアニーさんが座っていて、下を向いてハンカチで目元を拭っている。

席に戻って、お経を聞きながら、花子さんの遺影と、小夏さんとコハルさんを順番に眺める。家族で、親子で、夫婦で……。

突然、小夏さんは立ち上がって、音がしないように慎重にドアを開けて出ていった。

「小夏ちゃんどこに行くのかな？　俺、ちょっと見てくるね」

宗助が立ち上がった。のんびりとした宗助の声と素早い動きはまったくミスマッチで、俺は准さんと顔を見合わせてから、宗助を追いかけて会場の外に出た。

小夏さんが喪服の女性に向かって、深く頭を下げているのが見えた。近くには同じグレーのワンピースと髪飾りをつけた小学生の姉妹と、ハッキリした顔立ちの小太りのオジサンが三人で手を繋いで、それを眺めている。

「じゃあ、小夏。明日は俺だけ来るよ。なにか手伝うことがあれば言って」

オジサンは親しげに小夏さんの方に手を伸ばしたが、小夏さんはその手を避けた。

「手伝いはいらない。もう来なくていい。誰に言われてここに来たの？　知らせてない。何を見せられようと訴えられようと、あなたには作品に対しての権利なんてない。全て、母が一人で作ったの。あなたは、一時だけ母と結婚していただけでしょう？　私のところには、もう来ないで。新しい生活を、守ればいいでしょう？」

淡々と伝える小夏さんを見て、オジサンは薄く笑う。

「大きくなって、すっかり偉くなったんだなあ。小夏、またゆっくり話そう」

オジサンは小夏さんにそう言うと、向きを変えて歩き出した。オジサンに手を繋がれた娘二人と奥さんは、連なるようにして出口に歩いていく。

小夏さんはじっと立っていたが、俺達に気が付いて少し笑顔を見せた。

「来てくれてありがとう。二階にお清めの席があるから、お寿司でも食べて帰って」

小夏さんが天井を指さした。

「いらないよ。あの人、大丈夫なの？　なにか手伝うから、任せてよ」

准さんが声を掛ける。小夏さんは手をひらひらと顔の前で振った。

「大丈夫。さっきのアレは二番目の父親なの。手を繋いでいたのが今の奥さんと娘だって。さっき三番目と四番目も来た。連絡なんてしなくていいのに、余計なことをしてくれる人って、どこにでもいる。どれもこれも、久しぶりに会った。顔だけはまともだと思っていたけど、歳を取ると中身が駄目だから、顔もイマイチになっていく。勉強になったよ」

　小夏さんはクスリと笑った。

「明日は学校があって告別式には出席できないから、今日は最後までいようって三人で話していた。手伝うから、なんでも言ってよ」

　俺が言うと、小夏さんは首を振った。

「君達は早く帰って。気持ちだけで十分。ありがとう」

　小夏さんが携帯電話を取り出して、画面を見てから閉じた。

「コハルちゃんは大丈夫？」宗助が聞いた。

「言葉が入っていかない。いらないよって言っても、毎日、私にご飯を作ってくれるの。ご飯が余って困っちゃう。アニーさんも気落ちして、それでも花子のためにって、念仏みたいに繰り返してずっと手伝ってくれる。休んでって言っても上手く休めない、こういう時はそれを繰り返すしかないんだなって思う」

「じゃあ、俺がご飯を食べに行くよ。夜中でもいい、連絡して。お泊まりするから、たくさん食べるよ。あの変なオジサンも怖いじゃないか、俺がいた方がまだマシだよ」

　そう言った宗助を、小夏さんは何も言わずに見つめた。

俺はいつもこういう時に何も言えない。小夏さんは、宗助から目を離し、俺や准さんを見つめて何度か小さく肯くと、息を吸って吐いた。

「あの母親だもの。心配しなくても勝手に天国に這い上がって、雲で作品を作りそう。明日の空は波模様かもしれないね」

小夏さんは、また会場の方に目をやった。

「お母さんが死んだら悲しい。子供だってわかることだ。無理したら、小夏さんが……」

小夏さんの横顔を見ていると息苦しくなる。

「田村くんに教えてあげる。お母さんじゃなくて、もう母親って言わないとダメだよ」

俺の言葉を聞かず、小夏さんが微笑む。それを見ると、言うことはどこにも見当たらない。

小夏さんは俺の後ろを見て、小さく手を振った。振り返ると、喪服を着た桐谷くんが歩いてきた。

「小夏さん、お待たせしました。三人とこれからご飯を食べて、きちんと家まで送ります。車をお借りします。心配しないでお母様の傍にいてください」

「今日は、色々ありがとう。本当に、助かっている。この子達、よろしくお願いします」

　小夏さんは桐谷くんに深く頭を下げて、車の鍵を渡すと会場に戻っていった。

「桐谷くん、来ていたんだね。仕事は？」

　准さんが小夏さんの後ろ姿を見ながら聞いた。

「ちょっと怪我をしたから休みになった。でも、ちょうどここに来られた。弔問の人が多く来て困っていたから、手伝えて良かった……」

　桐谷くんは背中の方に隠していた包帯を巻いた左手を見せた。理由を尋ねたら、

「まあ、名誉の負傷だね」と言って少し笑った。

「桐谷くんには連絡が来たの？　俺はアニーさんに、今日から四日間バイトがなくなったってただ言われて、理由をしつこく聞いたらやっと教えてくれたし、お通夜の日時も教えるなって言われているって断られた。なんでだよ。こういうのを水くさいって言うんだよ」

　准さんは、アニーさんにかなり食い下がって、今日のお通夜のことを聞き出した。

そして俺と宗助に連絡をくれた。

　小夏さんもコハルさんも、俺達にはなにも伝えないつもりだったことに、俺達はショックを受けている。

「いや、僕も聞いていないよ。深夜に小夏さんが交番の前をとぼとぼ歩いていて、心

配だから送っていった。そうしたら、家に葬儀屋さんがいて、たまたま事情を知ったんだ。小夏さんがマッサージの資格を取って遅くまで働いていることも、お母さんがこうなっていたことも、無理をしていることも、初めて知った」

桐谷くんは下を向いた。

「俺達ってそんなに他人行儀にされる存在なのかな？　俺はすごく仲良くしているつもり、信頼もしているよ。それなのに、あの人達は、俺達を頼れないの？」

准さんが桐谷くんを見て、悔しそうな顔をした。

「コハルちゃんも、小夏ちゃんも、アニーさんも、俺達のことを考えてくれているからだよ。准さん。それ以外、ないじゃん」

宗助は珍しく困った様子を隠さずに、准さんを宥《なだ》める。

「そうかもしれない。そうじゃないかもしれない。中華でいいかな？　僕達はきちんとご飯を食べよう」

桐谷くんのしっかりした肩のラインと喪服の黒を眺めて、俺は肯いた。

毎日着ている深緑のブレザーも、学校指定のミントグリーンのシャツも、チェックのズボンも、水色のネクタイも、親指の付け根の部分が剥げている黒いローファーも、桐谷くんの黒い服に比べたらなにもかもが軽く感じた。

# 手の記憶

花子さんの葬儀の後、すぐに営業を再開したコハルさんは、微笑みを絶やさずに淡々と働き続けている。小夏さんは、いつもと変わらず、アチコチ忙しく動いている。

今日は、いい天気だ。風もない。空は水色で、日差しもほどよい。

店の休憩時間なので、小夏さんの気分転換に少しでもなって欲しいと、テラスで勉強をすることにした。テーブルに英語の教科書と問題集、ノートを広げて、俺と小夏さんはピンクの椅子と赤い椅子にそれぞれ座る。

俺が問題を解いている間、小夏さんは左手で頬杖をついて、右手で膝の上のショルダーバッグを撫でている。

昨日も、今日も、小夏さんは有名ブランドのロゴが入った辛子色の高級そうなショルダーバッグを肩からナナメにかけている。大きさも、色も、存在感がある。

小夏さんはブランドものとは無縁だと思っていた俺は、その姿を見た時に戸惑った。

コハルさんが、そんな小夏さんを見て、「このところ、家でもずっとあのショルダーバッグを離さない。何を聞いても、はぐらかすように答えない。恋でもしたのかね。喜ばしいけれど、こういう時期だからなあ。つけ込んで、すり寄ってくる人も多い。やや心配……。でも、小夏ちゃんに限ってそれはないかな？　あ、もしかして桐谷くんかな？　最近二人で会っていたし……。それならいいけど。聞いてみようか、聞かずに見守ろうか……。これは、本当に複雑な父心」と案じていた。

桐谷くんのプレゼント、または、小夏さんが出会ってしまった大事に想う誰かからもらったもの。それを聞いてからソワソワして、集中力は低下する。

「田村くん、貧乏揺すりはやめてよ」

小夏さんに言われて、自分が膝を揺すっていたことに気が付く。

「貧乏揺すりって、言い方が変だよね？　英語でなんて言うの？」

「さあ、ｐｏｏｒ、なんとか？　わからない」

小夏さんは、俺の質問を流して辛子色のバッグを気にしているようだ。質問に対しての対応がいつもの小夏さんではない。その原因は、花子さんの死ではない。このブランドのバッグを小夏さんに贈った誰かのせいだと思うと、どこかがとても痛い。

「小夏さん、そのバッグがそんなに大事なわけ？」

俺の声は、ぶっきらぼうでツンケンして響いた。小夏さんは、驚いたように俺を見た。

「別に、俺はどうでもいいんだけど、そこまで大事ならロッカーに置いた方がいいよ」

嫉妬だ、敗北感だ、拗ねているだけだ。

「……このバッグ？　大事？」

小夏さんはバッグをまじまじと見る。作りがしっかりしていて、金色のロゴは高級感がある。きっと、俺では買えない。

「だって、ずーっとバッグばっかり触って、すごく気にしている。それ、誰かにもらったの？　例えば……、桐谷くんとか？」

答えが怖い。でも聞きたい。握っているシャープペンシルの芯が、ノートの上でぽきりと折れた。

「誰にもらったって言われると、誰かなあ？　母が買ったとは思う。明確には答えられない。領収書の日付から見ると、おそらく一番目か二番目の父親への誕生日のプレゼントだろうから、これはどちらかの父親のものってことになるの？　別荘のタンスの中に置いてあったからもらっちゃった。コレちょうどいい大きさなんだよね。使い勝手がいいし。さすがブランド品だなって思った。派手だけれど、お上品で丈夫。それに、この格好には合っているでしょう？」

小夏さんは、さっき入れた梅こぶ茶を総理大臣の顔の湯呑で飲んでから、ほっと息をついた。今日の小夏さんは、黄色いニットに目の覚めるような赤やピンクやオレンジの半円が重なったような模様のタイトのロングスカートを穿いている。スカートには不思議なスリットが入っていて、小夏さんのスタイルをすごく綺麗に見せる。

「……じゃあ、なんでそのバッグばかり気にしているの？　俺の勉強は、気にならないってことなの？　俺だって、頑張っているつもりだよ。試験の成績はなかなか上がらないけど、コツコツって、積み上げてはいるよね？」

俺は、今度は拗ねている。我ながら忙しい。

「うーん……。田村くん、勉強を中断していいですか？」

小夏さんが、俺の目を覗き込む。

「どうぞ……お願いします」

俺は、なんとなく背筋を正す。

小夏さんが、ショルダーバッグをテーブルの上に置いて、中を開けた。中から彫刻刀のセットを取り出してテーブルに置く。そして、豪快にバッグを逆さまにした。手首から先の手が三つ、ゴロゴロと音を立てて出てきたので、俺は驚いて立ち上がる。椅子が倒れて派手な音を立てる。

「これを作って、ずっと気になって仕方がないんだよね」

「作り物か、びっくりした……」

椅子を戻して座り直す。俺が驚いたことに小夏さんはなんの反応も示さずに、二つの手を撫でている。

「小夏さんが、これを、あの木材から作ったってことだよね？　これが気になって仕方がないって、どういうこと？」

俺も梅こぶ茶を飲もうとしてやめた。小夏さんが木を彫って作ったとはいえ、かなりリアルにできており、怖い。

「仏像の手の形にはね、意味がある。例えば、手の平をこう向けると、恐れをなくす施無畏印《せむいいん》。こうやって差し出すと、願いを聞く与願印《よがんいん》。こうして下に向けると、悪魔を払う降魔印《ごうまいん》」

小夏さんは、左手の手の平を俺の方に向けたり、差し出したり、指をさしたりして見せる。呪文みたいな小夏さんの言葉を何とかメモにする。セムーイン、ヨガイン、ゴーマイン……。英語？　後で、スマホで調べよう。

「それで、いざ仏像を作ろうと思ったんだけど、そもそも難しいものだから、かなり難航していた。顔から作ろうと思ったら、どうにも母の顔しか浮かばなくて、やめた。じゃあ手から取り掛かろうって思って、一心不乱にやっていくうちに、なぜか、母の手にそっくりになった。これは、母の手だよ。しかも実物に近い大きさ」

小夏さんは一つの手を持ち上げる。節の目立つ左手は、小夏さんの手より一回りも大きい。これが、花子さんの実物大の手なら、以前見た入院中の小柄な姿に似合わない大きな手だと思う。

「でも、この手だとゴツゴツしているし、私の作ろうとしていた仏像のイメージと合わない。だから、こっちの手は、自分の手を見て作ってみたんだけど、やっぱりしっくりこない。母の手の方が、特徴があるからかなって思って、結局両手を作製してはみたけれど……。母の手って、こんなだったかなあ？　少し違うかな？　これしか頭に浮かばないのはどうしてだろう？　なんで仏像を作れないんだろう？　これに見合った仏像を作ると家に置けないサイズになるけれど、私は作れる？　木をどこで買うの？　そう思ったらわけがわからなくなった。それで、こうして持ち歩いている。考え続けたら、なにか見えてくるでしょう？」

　小夏さんは、自分で彫り出した自分の左手と、花子さんの両手を見ている。花子さんの手はゴツゴツしていて、右手は何か丸いものを持っているように指が広がっていて、左手は、ある程度は指が揃えられた形ではあるが、小指だけが妙に開いている。同じ形の小夏さんの左手は、指も手もほっそりと見える。どれもこれも、爪や手の皺まで丁寧に作られており、小夏さんの器用さを思い知る。

「俺は自分の親の手なんて覚えてないなあ……」

「大半は、そうだと思う。私はかなりの回数、母の手のスケッチをしていた。母が気に入った作品を作ると、私に手を描かせるの。真剣にやらないと母は怒ったから、毎回本当に細かく描いた。それで、でき上がったスケッチを見て『ああ、私は今、そういう感じね。小夏、よくわかった』って言って、私の頭を撫でる。ちょうど、こうやって……。それは倒れるまで続いていた」

小夏さんは、花子さんの手を、自分の頭に載せた。小夏さんの頭にピッタリ重なる。さっきまで、おかしな形だと思ったけれど、小夏さんの頭を撫でる形をしていたなら、おかしな形ではない。

「なんで、私、こんなの作ったのかなあ？　それに、作ろうと思っていた仏像がちっとも作れない。この手のことばかり考えてしまう」

小夏さんは、頬杖をついてぼんやりとした表情になる。

「答えが出ているよね？　なんで、わからないの？　それは小夏さんの頭を撫でる花子さんの手だよ。こっちは、マッサージをしていた時の花子さんの手じゃないの？　何とかマインじゃないんだよ」

俺が言っても、小夏さんはピンときていない顔をしている。

「だから、それはね、小夏さんに『ありがとう』って、花子さんが言ったんだよ。俺にはわかるよ」

「母が私に『ありがとう』と言ったことなど、あまりないんだけれどね」

小夏さんの目は、まだぼんやりしている。

「じゃあ、見ていてよ」

俺はテラスのドアを開けてコハルさんを呼んだ。コハルさんが、ニコニコしながらテラスに出てきた。

「コハルさん、これを見て。小夏さんが彫ったものなんだけど、誰の手かわかる？」

「これ、花子さんの手だね。僕にいつも手を差し出す時、こうだったんだ。花子さんの手は、すごく素敵だった。握る度に、見る度に、いつもいつもそう思っていたんだよ」

コハルさんが、テーブルの上の手をそっと触る。手の平を上に向けた花子さんの手が、コハルさんに差し出されているようだ。

「これは、こういう手なんだって、田村くんがそう言った。コハルちゃん、頑張っているね。偉いね。お母さんが褒めているよ。これ、コハルちゃんにあげる」

小夏さんが立ち上がると、持っていた花子さんの手を、背伸びをするようにコハルさんの頭に載せて、撫でるように動かした。コハルさんが、小夏さんをまじまじと見ている。

「これを僕にくれるの？　本当に？　もらっていいの？　ありがとう!!　しかも、小夏ちゃんから僕にプレゼントってことだよね？　手作り！　なにか綺麗な布か袋を持ってくるから、ちょっと待っていて。汚れると困るからね」

飛び跳ねながらコハルさんが店の中に戻りかけるのを、小夏さんが腕を掴んで止めた。


「このバッグごと、コハルちゃんにあげる。これは、そもそもメンズのバッグ。お母さんが買っていたものだから、コハルちゃんが使ってね。古いけど、新しいの」

コハルさんに、小夏さんがショルダーバッグをかけた。辛子色のショルダーバッグはコハルさんによく似合う。コハルさんは、花子さんの手を大事そうにバッグの中にしまうと、モデルみたいなポーズをとって珍しくふざけていたが、お客さんが来て行ってしまった。

俺も、勉強道具を片づけ始める。小夏さんは、残った木製の自分の手を眺めた。

「これは、もらって喜ぶ人もいないし、店のアクセサリーの棚に飾ろう。ちょうどいいよね？」

「ああ、そうだね……」

本心では、俺がもらいたい。でも、気持ち悪いと思われるから黙っていた。

「コハルちゃんに、仏像を作ってあげようと思ったんだけど、あんな風に喜ばれると、もう作れなくなっちゃった。まあ、代わりにあの手でいいのかな……。私も、母みたいに、何か作れるかもしれないって思ったんだけど、ダメだった。手が荒れただけだったよ。母は偉大な芸術家だね」

小夏さんが、力なく笑った。

「小夏さんは、自分の好きなものを作ればいいんだよ。思いついたもの。小夏さんは、作りたいものしか作れない。小夏さんはそういう感じだよ」

「思いつくもの、好きなもの、作りたいもの」

小夏さんは、俺の顔を見た。

「手伝うから、何でも言ってよ」

「手伝いは、いらないの」

即断られて、言葉に詰まる。宗助は良くて、俺はダメなの？　また拗ねる言葉しか出なくなりそうで、口を固く閉じて、片づけをして店に戻る。

「田村くん、待ってよ。握手しよう」

小夏さんは、俺に向かって手を差し出した。勉強道具を持っていない右手をとりあえず服で拭いて差し出すと、小夏さんがきゅうっと、俺の手を握ってくれた。

小夏さんの手は、言う通り少しカサカサしていた。俺は、この手をずっと握っていたい。

「これは、いつもありがとうの握手」

珍しく困ったような表情の小夏さんの手は、離れてしまった。

俺と小夏さんは、今日、初めて握手をした。単純に、それだけ。
でも、ただ嬉しくて、それから何度も自分の右手を見つめてしまう。

# カボチャと文化祭

学校で一限から終わりまできっちり授業を受ける、バイトのある日はバイトをする。いつもと変わらないけれど、どこかが違うと思う日々。静かに、穏やかに、何もかもが進んでいく気がする。それが、小夏さん、コハルさん、アニーさんがいつもと変わらず過ごそうとしているせいなのか、俺にはわからない。そういうアレコレが、花子さんがもういないことに繋がるのかもしれないと思うと、人間ってなんだかすごいものだ。

授業が終わるとすぐに、宗助と一緒に教室を出る。

あと四日で始まる文化祭のため、学校はざわざわと落ち着かない。クラスの出し物もあるが、それとは別に、軽音楽部では購買部の部屋を使ってのミニライブを毎年開催する。

誰の思惑か知らないが、そこに俺と准さんと宗助の名前が並んでいた。勝手に出演バンドとしてエントリーされていたのだ。断るのは腹立たしいので受けて立つことにしたが、俺達にはバンドとしての名前がない。

名前の話し合いをまず始めたが、三人とも気恥ずかしくて、わざと変なことを言ってちゃかしてばかりで進まなかった。そんな時に、律儀な准さんが祖父母にお小遣いをもらったので、お礼のハガキを書いていた。そのポストカードが青い菜の花畑と黄色い空の加工写真だったので、バンド名は【菜の花ブルー】に決まった。

名前が決まると、なんだか気分は盛り上がった。文化祭では、宗助が作詞して俺が作曲をした二曲を発表する予定にしている。

今日は、楽器持ち込みができるカラオケボックスの一室を借りて練習する予定なので、帰り道を急いでいると、廊下に女子が立っていた。

スカートから出た足は合わせて十本。顔を見ると同級生ばかり五人だ。それぞれが何か言いたげな顔で、全員が「せーの」と息を吸うと大声を出す。

「宗助、田村。トリック、オア、トリート」

そう言われて、やっとオレンジのニヤニヤしたカボチャを思い出した。ハロウィン。『小春日和』はイベントを無視するカフェなので忘れていた。

「お菓子をあげるよ、でも、いたずらもいいよ」

宗助が肩から掛けた学校の校章が入ったバッグから飴の袋を出して、それぞれに気前よく配ると、黄色い声が上がる。

「じゃあ、いたずらは、いつでもしてね」

宗助はいつもの笑顔で女子に手を振ると、歩き出す。

「愛想がいいだけじゃなくて、用意もいいんだな……」

「最近、甘いもの食べたくなる。でも、菓子類の持ち込みは禁止、校則違反だね」

宗助はフード付きのベストを脱ぎながら答えた。

あの非常梯子の時から、少しのフレーズでもでき上がったら宗助に聞いてもらいたいと思う。宗助の詞がバチッと決まったら准さんの声を合わせたいと思う。

「なあ、写真部と美術部の合同発表なんだけど、『尊敬する笹井花子へ捧げる展示』って看板に書いてあったのを見たよ。小夏ちゃんとコハルちゃんを呼ぶの、やめる？」

宗助が美術室の前を通りながら思い出したように言った。

「いつ呼ぶことにしたんだよ。聞いていない」

「今朝、顔を洗った時だよ。言っていないんだから、聞くわけがないよね」

宗助が笑って言ったので、返事はしないでおいた。

校門のあたりで、准さんと凛が立ち話をしているので、足を止める。

「ちょうど良かった。コンテストにこの写真を出すから、みんなの許可が欲しいの。これってどう？　結構いい感じでしょ？　文化祭にも飾るよ」

得意げな凛が写真をトランプみたいに広げた。

白黒に切り取られた俺達三人の五枚の写真。俺じゃないみたいな俺の楽しそうな瞬間。よくわからないが問題はないので肯いた。

「ありがとね。来夢達にも、一枚ずつあげるね」凛が一枚ずつ写真を配る。

「凛ちゃん、文化祭の笹井花子の展示ってどういうことをやるの？」

宗助が受け取った写真を適当に取り出した古文の教科書に挟みながら聞いた。

「宗助まで笹井花子に興味があるの？　信じられない。美術部の連中も笹井花子がみんな好きで、去年から笹井花子のオマージュでやりたいって言っていたんだ。うちの写真部は笹井花子が好きな『波』をテーマに撮った写真を展示することになっている。アタシは夏休みに静岡に行って撮った、田んぼの風景を飾るんだ。田んぼと波って、結構イメージが重なって、笹井花子っぽいでしょ？」

「ふーん、面白そうだね。知り合いを呼んだら喜びそう」

宗助が相槌を打つと、凛はますます嬉しそうに話す。

「今年は去年より人が来ると予想している。だからね、アタシの作品も買い手が付くかも。しかも、すっごいびっくりすることもあるんだよ」

凛が肩から掛けているトートバッグからファイルを取り出した。

「サプライズで文化祭に笹井花子本人を呼ぼうと思って、だいぶ前に笹井花子の事務所に手紙を書いて出していたの。返事はもちろん来ないと思った。でもね、家族だって人から、文化祭には行けませんって返事が来たの。おまけのポストカードがたくさんついていたし、まあいいやって思ってそのまま部室の引き出しに入れていたんだけど……」

凛は言葉を区切って、俺達の顔を得意げに見た。

「なんと、さっき、笹井花子が少し前に亡くなっていたって発表があったんだよ。タイムリーだから、注目度も高い。笹井花子は死んでしまったけれど、注目度の高いこのタイミングで展示ができるのはラッキーだってみんなで喜んでいるの。それで、この手紙は額に入れて文化祭に飾ろうってことも決定になった。これ、読みたい人もいるよね？　笹井花子の家族って人は誰かな？　笹井花子はなんと結婚四回の、バツ四なんだよ。この字はその中の誰かなのかなあ？　娘がいるみたいだけど、これは男の人の字だよね。それって、どうやって調べたらいいんだろう」

凛が話しながら、持っていたファイルを開いてこちらに見せる。

【ご招待ありがとうございます。事情があり、笹井花子はそちらの文化祭に行くことができません。素敵な企画をしていただいて、本人共々、とても嬉しく思っています。応援していただいている皆様には、家族一同心から感謝しております。文化祭の成功を陰ながら願っております。　笹井花子の家族　代筆】

それだけが書いてある便箋のコピーと、白と黄色と青で描かれた模様のような絵画のポストカードがファイルに納められていた。

いつも『小春日和』の外に置いてあるボードにメニューを書いているコハルさんの文字を見て、ただ悲しかった。コハルさんと花子さんの結婚は公表をしていない。

「公表する必要なんてないからしない。今がすごく幸せだから、それがいい」

コハルさんがいつか、話していた。

そういう色々を知っている俺も、宗助も、准さんも黙っている。

「なにもかも、すっごく、タイムリーだよね？　お客さんが増えそうだよね？　すごいでしょ？　アタシが手紙出したこと、みんなに褒められちゃった」

凛ははしゃいでいたが、俺達が無反応なのでつまらなそうに離れていった。


文化祭は、今日で終わる。

購買部の部屋を利用して行われたライブはさっき終わった。空いた教室に入ると、楽器を置いて、着ていたTシャツを脱いで、タオルで汗を拭った。宗助も、准さんも同じように上半身裸になって汗を拭っている。

ノックの音がして、俺達は顔を見合わせた。

「入っていい？」

返事の前に、髪を後ろで束ねて革ジャンを羽織った男の人が顔を出した。俺達はそれぞれ脱いだTシャツをまた着る。まだ身体は湿っているけど、仕方がない。

「……ココは控え室ですよ」

応対した宗助は、後ろを向いて、ペットボトルの水をごくごくと飲んだ。

「今、ステージを見ていた。俺は、こういう者です。君達より十五期ほど上の卒業生なんだよ」

男の人は教室に入ってきて、名刺を俺達にそれぞれ渡す。

【ライブハウス　28★　オーナー四方重吾《よもじゅうご》】

名刺に書いてある文字を見て、また身体が熱くなる。

「ライブハウス……」

准さんが、名刺を見て、俺と宗助の顔を見る。

「そう。軽音楽部にはたまに顔を出しているけど、君達には会ったことがないね。今回のライブでは、菜の花ブルーがダントツ、面白かった」

まだライブは続いているのに、四方さんはそれを見ないで、ここに来ている。そのことに、少しの優越感を覚える。

「君が、田村来夢。それと、奈良岡宗助。ボーカルの百目木准だね？　今度、俺のところに来ない？　俺、若手を育てたいって思って探していたところなんだ。君達、オ能はあると思った」

四方さんが俺達の顔を順番に見る。

「四方さん！　どこですか？」

誰かが四方さんを呼ぶ声がした。四方さんは「興味があったら、いつでも連絡して」と言い残して教室を出ていった。

「才能だって」

「ダントツだって」

「育てたいって」

俺達は同時に笑い出した。お腹が痛くて、苦しいけれど、俺達は笑い続けた。

「でも、連絡するのは、しばらく考えようよ。こういうハイになっている時は判断力が鈍るんだ」

笑いが収まると、宗助が真面目な顔で詐欺の事例を話すので、俺と准さんは「一か月後に、もう一回考えるよ」と話を切った。

楽器を片づけて准さんと別れ、俺と宗助は自分のクラスに戻る。

出し物である射的の手伝いをしている間も、ライブのこと、四方さんの言葉を反芻《はんすう》するように思い出す。気をつけないと、顔が弛《ゆる》んでしまう。

片づけ開始のチャイムを待つだけの、文化祭の残骸みたいな時間になって、クラスの全員が参加する打ち上げの店を、みんなが検討し始める。

「おーい、小夏ちゃん。桐谷くーん、アニーさん」

急に大声を出して、大きく手を振る宗助は、窓から落ちそうなくらい身を乗り出している。嬉しそうな宗助の声に、数人の女子が目配せをするのが見えた。宗助の言動をチェックする女子はこんなにも存在することを改めて確認できた。学校の七不思議だ。

宗助のところに移動して外を見ると、中庭で、青が眩しいアニーさんと、ストライプのカーディガンに、黒地に赤い薔薇のあしらわれたボリュームのあるスカートを穿いた小夏さんと、地味な桐谷くんが手を振っていた。

「おい。呼ばないって決めただろ？　宗助、ルール違反だ」

「俺は呼んでないよ。教えたけどね。せっかく来てくれたんだし、美術室を避けて案内しようよ。展示も片づけに入っているから、大丈夫」

足早に教室を出ていく宗助を追いかける。

アニーさんと小夏さんが移動するだけで、片づける時間を待っている高校生や先生、少しだけ残っている保護者の視線を集める。

「ほとんど終わっているんだね。母校じゃないけど、なんとなく懐かしい」

小夏さんは廊下を歩きながら言った。

「店を出るのが遅かったんですよ」

「そうねえ。桐谷くんが一時停止になっていない、とか、わき見運転に当たる、とか言わなければ、あと二十分は早かったかもね。イラっとすると、小夏の運転もまだ怖いしねえ」

アニーさんに言われて、桐谷くんが困った顔で頭をかいた。

「左側不注意ってアニーさんも桐谷くんも言うけど、これでも一生懸命見ているし、見えている。今度生まれ変わったらヤギか羊になるからそれまで待ってね。帰りは自由に運転させて」小夏さんは嫌そうに話す。

「小夏さん、ヤギや羊は確かに左右を広く見渡せますが、そもそも、運転を……」

桐谷くんが言い終わる前に、俺は「冗談だよ」と黙らせた。

「ここに来る前にどこか行っていたの？」宗助が小夏さんに聞いた。

「母の金券とかチケットがまた出てきた。それを全部使おうと思って、ドライブしながらファミレスを回ったの。ハンバーグとかドリア、デザートとかパスタも、うどんもラーメンもたくさん食べた。楽しかったよね？　まだ残っているから、また行こうね」

小夏さんが桐谷くんを見て笑うと、桐谷くんは嬉しそうに肯いた。

「久しぶりに何も気にせず食べた。この服すごく伸びるのよ。もう何にも入らない」

アニーさんは洋服のお腹のあたりを広げて見せた。伸縮自在の大食い用らしい。

「このラジコン操作体験っていうのに行きたいな。まだやっている？」

小夏さんが横の壁の張り紙を指さした。

「ラジコン同好会ってあったっけ？　いいよ。小夏ちゃん、俺と行こう」

宗助は小夏さんの手を引くと、屋上へ続く近くの階段を上り始めた。宗助と小夏さんの距離はいつも近い。こうして見ると、手を繋いでもあまり違和感のない二人だ……。

小学生が五人でラジコン操作を教わっている横で、宗助と桐谷くんはコントローラーを持って車を走らせ、競走を始めた。

係から説明を受けていた小夏さんが、真面目な顔で指を動かすと、フワリと浮いた小さな飛行機は旋回をしながら飛んだ。小学生が「すごーい」と歓声を上げると、小夏さんは肩をすくめた。

「中学生の時だけれど、花子は趣味のラジコンの会合に行っていたことがある。家にもあったし、小夏は得意よ。あの子、変わらないわねえ、褒められると困るの」

眺めていたアニーさんがクスリと笑った。

「ラジコンの会合？　変わった趣味だね」

「そうかしら？　田村は制服を着ると余計に子供っぽくなるのね。宗助くんはいつもより大人っぽく見えるけれど」

　俺を見て、アニーさんが柔らかく笑う。傾いてきた日に照らされて、オレンジに縁どられた唇と、まつ毛に塗られた服と似た青が、くっきり見えた。アニーさんの視線が俺の後ろを見て止まった。

　騒がしい声が響く。振り向くと、凛や数人の知った顔の集団がいた。美術部と写真部だ。

　みんなで、二メートルくらいのパネルを運んでいる。花子さんの作品を手描きした段ボール製のパネルは、美術室の入口に飾ってあって目立っていた。

「あれは、花子の『潜水夫』と『波の灯』よね？」

　アニーさんが指を差す。

「えっと、美術部だから、関係あるのかな……」

　俺は困って、首を傾げた。アニーさんの後ろにはラジコンを操っている小夏さんがいる。そのままラジコンを見ていて欲しい。

「じゃあ行きまーす。ササイ？」

　カメラを持った凛の声が聞こえてくる。小夏さんの肩が上がって、反射的に声の方に向いた。

「ハナコー!!」

美術部と写真部の楽しそうな声が揃う。桐谷くんと宗助が、ラジコンを置いて急いで小夏さんに近寄って話しかけるのと、アニーさんの目に涙が溜まるのが見える。

俺が、凛のところに走ろうとしたら、アニーさんが俺の腕を掴んだ。

「田村、ありがとう。止めなくていいのよ。あの子達は何も知らないんだから、仕方がないでしょう。花子って、すごいわねえ。こんなところにまで……。トイレに行ってくるわね」

レースのついたハンカチをそっと取り出したアニーさんは、屋上の出入り口に向かって歩き出した。俺は、アニーさんの後ろ姿を立って見送るしかできない。

シャッターを押す度、花子さんの名前をみんなで叫び、笑う声が響く。俺はイライラしかできない。俺はいつも、なにもできない。

「来夢、いたんだね。アタシの写真のポストカードが完売したんだよ。すごいでしょう？」

凛が、少し先で手を振った。

俺がそう言うと、近くまで来た凛が顎を上げて目を動かした。

「今、接客中」

「ああ、あの家庭教師か……。あの人、いつもああいう格好なんだね。なんで服装で目立ちたいんだろう。そういう気持ちが理解できない。でも、宗助はあの人の気を引こうとしているのが、バレバレだよね。この高校ではもう手を出せないから、あの人にしたんだ。高校生が男で、大学生が女のカップルってなんとなく気持ち悪い。前崎《まえざき》ちゃんに見せないようにしないと、また泣いちゃう。可哀想」

後ろで小夏さんがいつもの角度で頭を下げたのだろう。棘のある言葉を言っているのに、凛は丁寧に頭を下げ返す。

凛が『前崎ちゃん』と呼ぶ前崎七海《ななみ》は、宗助と付き合っていた同級生の女子。凛はいつも前崎の肩を持つ。

「その言い方、やめてくれ。あの二人はそんなんじゃないし、仮にそうでも、恋愛は自由だろ？　前崎の話も、しつこい。可哀想って言うけど、一年以上も前の話だし、五股のことを宗助は謝っただろ。前崎だって一旦は彼氏ができた、それなのにやっぱり宗助が好きだって言い始めて上手くいかなかっただけだろ？」

棘のある言葉に、棘のある言葉を返す。イライラした気持ちが、収まらない。

「その言い方、感じ悪い。宗助は五股じゃない、七股でしょう？　どっちにしても、最低なことに変わらないじゃない。来夢は、何でも上からわかったように言うけど、結局はなんにもわかっていないんだよ。誰にでもいい顔して……」

「なんだよ。俺はなにもしていないのに、そっちが勝手に……」

「やめて、聞きたくない。でも、アタシからは、いいことを教えてあげる、軽音楽部のライブの出演者に来夢達の名前を載せたのはアタシだよ。アタシに感謝して欲しい」

「なんで？　そんなことをして、凛は何を……」

「来夢はすっかり変わった。悪い方にね」

凛は向きを変えて、まだはしゃいでいる仲間のところに戻っていった。

凛の足は身体に比べて肉付きが良い。「足が太いのが悩み」といつも気にしていた。おかしなタイミングで、今ではない凛を思い出す。

凛を追いかけるべきなのか、もうわからない。追いかけても、この俺にはもう凛の気持ちを動かせない。なにより、今は凛のことを追いかけたくない。

「アニーさんがトイレから戻ってきたら、僕達はもう帰るよ」

桐谷くんが俺を見て、ドアを指さしたので肯いた。

さっきからずっと聞こえてくる宗助の下らない話題は、小夏さんを元気づけるためのもの。桐谷くんが帰るのは、小夏さんがこれ以上はしゃぐ高校生に接しないため。

アニーさんと合流して、ぞろぞろと階段を下りる。

「じゃあ、俺、教室に寄って、すぐに下りるから」

宗助が小夏さんに手を振って、四階の廊下を早足で進んで、見えなくなる。折り畳まれたような構造の次の階段を下りる小夏さんが、足を止めて俺を振り返った。

「カメラをぶら下げたあの子が、田村くんの彼女だったのね。田村くんのいない時にも店に何回か来ていたよ。彼女って言ってくれたらサービスしたのになあ。可愛い子だね。学校も楽しそう。見られて、良かったよ」

「違う。とにかく、違う」

「はいはい。なにかが違うのね。彼女の話なんて、私にするのは照れくさいよねえ」

階段の一段下で、俺を見てニヤニヤと笑っている小夏さんの頭を初めて押さえた。フワッとした感触と自分の手の熱を感じた。

「小夏さんは、誰かいないの？　好きな人とか……」

動きが止まった俺の手を、小夏さんがそっと身体をずらして避けた。

「私が田村くんにそんな話をする必要がない。あのね、宗ちゃんが射的の景品のボンタン飴をくれるんだって。私、ボンタン飴って食べたことない。子供の頃、歯の治療をしていて、母とアニーさんに止められて、ずっと食べないまま。でも、今日初めて食べる。ワクワクする。嬉しい」

小夏さんは、残りの階段を足早に下りていく。

スカートの中のたくさんの薔薇で、なぜか砂浜に寄せる波をぼんやり思い出した。母親として、笹井花子が娘のために作ったスカートは、ユラユラと揺れて、階段に落ちる影までが綺麗だった。

# 深く潜る

文化祭の後から、凛は俺を見ると、唐突に進路変更をするか、隣の友達の背中に隠れるか、首を最大限に違う方向に曲げるか、という三パターンの行動をとる。どれにしても、避けられている。

昼休みに宗助と学食で昼食を食べ、教室に戻る。

宗助と階段を上っていると、上から女子生徒が二人、並んで下りてくる。俺は宗助の後ろに移動して、すれ違いやすいようにする。宗助の背中越しに、それが凛と前崎七海だと気が付いた。

俺より早く気が付いていた凛は、前崎の背中にオデコをつけるようにして身を隠している。

長い髪をくるくると指に巻きつけながら階段を下りる前崎は、俺には嫌悪感たっぷりの視線を送り、宗助にはすごく複雑な微笑みを浮かべ、髪を弄る手を止めて可愛らしく振る。

宗助は前崎に「よ」と一音発してから、振り向いて俺を眺める。

俺は、すごく歩きにくそうな前崎と凛が見えなくなると、大きなため息をついた。

「来夢は凛ちゃんに何をしたの？」

「何もしていない」

「女子がああいう態度の時に、何もしていないっていうのは来夢の思い違いだよ」

宗助が階段を上り終えると、立ち止まって鼻の頭を掻いた。

「……ああいうのって、子供のいじめみたいなやり口だよね。ばい菌とかそんな感じ」

「まあ、そうだねえ。大人気ないけど、俺達は大人じゃないし。じゃあ、後で俺が前崎さんに聞いてきてあげるよ」

宗助は満面の笑みで請け合った。宗助は、単に相談を解決するのが好きなのだ。人生相談の本を熱心に読んで、自分なりの解決法を書き込んだりしていることがあるから、知っている。

「よく前崎と話そうって思うよね？　俺なら、無理だね」

「前崎さんと俺は、もうとっくに落ち着いて、今では学友なの。先月くらいから俺と同じ予備校になったんだよ。クラスは違うけど、勉強のこととかスマホで質問されたりする。たまに寝不足。やめて欲しい時は、質問にも答えないし、電源切るよね」

宗助が欠伸をした。

「……近いうち、宗助も俺と同じ目に遭うと思うよ」

そう言って、俺は自分の席に戻る。自分の席につくと、机の中から捨てようと思っていた文化祭のパンフレットを取り出して、部活のページにある軽音楽部のスペースをもう一度確認する。そこにはまだバンド名のない俺達の名前があった。

思いつきで、全く読んでいないページをめくって、写真部の掲載部分を探す。凛の名前は、去年ならすぐに見つけられたはずなのに、今は時間がかかる。凛の名前を探す自分が馬鹿みたいで、俺はパンフレットを閉じて机の上に放り投げた。

パンフレットの表紙には、青空と羽ばたく鳥のシルエットが描かれている。わが校の文化祭は『飛翔祭』という立派な名前がついている。全てが、安易だと思う。

飛んで、翔んで、未来に羽ばたく。それは高校生には理想的な未来なのかもしれない。でも、皆が大空には飛び立てないと俺は思う。飛べないヤツはどこに行くの？　上を見るだけ？　飛んだとして、その後、どうしたらいいんだ？

「まあ、どっちみち、俺は飛べねーし」

小さく呟いて立ち上がる。パンフレットをゴミ箱に捨てようとしたが、ゴミ箱がいっぱいだった。

「捨ててきてよ、田村くん。今日、日直だよ。黒板も消してね」

近くで弁当を食べていた女子のグループの一人が言うと、他の女子も「お願いしまーす」と声を揃える。

「わかったよ」

仕方なく、黒板を適当に消してから可燃ゴミと不燃ゴミ、ペットボトルのゴミ袋を取り出して、それぞれの袋の口を縛る。変なニオイが鼻につく。こんなことやりたくないけど、割り当てられたらやるしかない。

教室を出て、また階段を下りて裏門の近くのゴミ置き場に向かう。誰もいないゴミ置き場の前に、カメラを構えている凛がいた。何かを撮っているようで、シャッターの音が響く。俺は、ゴミを持って立ち止まる。身を隠すか、平静を装うか、二択。

「悪い、捨てさせて」

後者を選択。俺はそれぞれの置き場所にゴミを置いて、脇に抱えっぱなしだった文化祭のパンフレットを可燃ゴミの上に放り投げるように適当に置いて、凛を見ないように素早くその場を離れようとした。

「ひどい！」

「え？」

凛の声で振り返ると、今捨てたばかりのゴミの前、凛の見つめるところに写真が落ちている。

「どうしてこんなことするの？　来夢って、信じられない！」

凛が顔を手で覆った。おそるおそる、凛の前に移動して写真を拾ってみる。

去年の文化祭の時の集合写真だった。写真に写るみんなが、色違いのTシャツを着ている。米粒くらいの大きさの俺は、凛の肩に手を回して得意げに笑っていた。今、自分の姿を改めて見る。彼女ができて有頂天で、なんとなくそれが漏れ出ていてイタイ……。恥ずかしい。

この写真が、どうしてここにあるのか全くわからない。俺が机の中を整理していないのは確かだ。でも、一年前の写真があるはずがない。

「これ、俺の？　違うと思うんだけど……」

両手で顔を覆って、おそらく泣いている様子の凛に声を掛ける。凛が、両手を下ろして、俺を睨んだ。思わず、俺は一歩後ずさる。

「文化祭が始まる少し前の日に、アタシが来夢の机に入れたんだよっ。来夢の文化祭のパンフレットに、メモと一緒に挟んだ。それを、こうやってわざとアタシの目の前で捨てるなんて、最低っ」

涙は出ていないが目が赤くて、髪が乱れて、俺を睨みつけているその姿は迫力がある。言葉に詰まっていたら、チャイムが鳴った。これは、あと五分で授業開始を知らせる予鈴。助かった……。

「知らなかった。後で読むよ。写真、サンキュ」

ゴミ置き場からパンフレットを拾って、持っていた写真を挟む。

「クズ、最低な男」

低い声で凛が言った。さすがに腹が立ったけれど、気持ちを抑えて歩き出す。

「待ちなさいよ！　写真も返してよ。それ、見なくていい」

凛がパンフレットをもぎ取ろうとしたので、咄嗟に手を上げて避けてしまった。よろけた凛は踏みとどまると、俺のことをまた睨みつけた。

「凛、いい加減にしろよ。俺に言いたいことは何だ？　この何日か隠れたり、進路変更したり、なにがしたいの？　俺には意味がわからない。勝手過ぎる」

「……勝手なのは来夢じゃない？　自分のことばっかり」

凛の声は怒りに満ちている。

「だから、何が？　なんで、俺が今になって凛のことを考えないといけないの？　俺達は別れている。しかも、凛がそう言った」

「来夢がいつアタシのこと考えた？　いつも自分のことしか考えなかったでしょ？　アタシの誕生日に、何回も伝えた写真集を間違えたのが、証拠じゃない！」

「またその話？　いい加減に……」

「それだけじゃない。お揃いのスマホケースにしようって言ったけど『なんか違う』って適当に流した。アタシの悩みをいつも適当に聞いて、『凛は凛だよ』って言って終わらせた。テストの度にアタシは一緒に勉強しようって言ったのに『俺はそういうの無理』って断った。自分が忙しいとアタシには会わないくせに、アタシが忙しいと会いたいって言った。別れるって言ったら『凛がそうなら、仕方ない』って答えた。来夢はアタシに全部任せて、凛が言ったからそうしたっていう言い訳ばっかりで、なんにもしていないでしょ！　結局、自分のことばっかりで、アタシの話なんて真剣に聞いたことはなかったの！」

一気に言い放った凛は、肩で息をする。手をすっぽりと隠した紺色のセーターの袖で涙を拭く凛は、身体に棘が生えているように近寄りがたい。

「それでも……来夢はアタシと別れてから、考えて、変わってきたと思った。ライブを見た。だから、アタシは……」

凛が息を吸った合間にチャイムが鳴った。授業開始の合図。

次の現代文担当の先生は、誰かが遅刻するとその時間を延長する方針だ。俺が授業に遅刻すると、クラスの連帯責任になる。時間厳守だ、まずい……。

「……やっぱり聞いていない。本当に、最低」

凛はボソリと言い、カメラを抱えるようにして走っていく。俺も、後を追うように急いで教室に帰る。そうしないと、授業に遅れてしまう。

俺も凛も時間が区切られて、それに合わせて動くようにできているみたいだ。

学校が終わり、『小春日和』にアルバイトに行っても、精神的なダメージを回復できずにいる。理由は凛とのこと以外には見当たらない。

バイトが始まる前のロッカールームで、文化祭のパンフレットを学校の鞄から取り出して、もう一度開く。

小論文を書きながら、気になって仕方なかった文化祭のパンフレットの後ろから二ページ目に挟まっていたのは、薄いカードに書かれた凛の手紙だった。

【ライブに出てくれて嬉しい。部長に頼んだかいがあった。感謝してよね。菜の花ブルーって良い名前!!　ライブ絶対見に行くよ。写真部の展示にも絶対来てね。ライブが終わったら、ライムの好きなたこ焼きを一緒に食べよう。連絡してね。部室でずーっと待ってるからね。　凛】

当たり前だが凛の文字。手書きの文字っていうのは、液晶画面の文字とは全く重みが違う。これを見てから、胃のあたりが重苦しい。

「なんで連絡しないいんだよ……」

スマホを確認しても、文化祭の前日も当日も、その後も、凛からの連絡の記録はない。

凛は、文化祭のライブの後、ずっと俺を待っていた。俺はパンフレットを開きもしなかったので、知らなかった。理由は、軽音楽部のライブに出ることになって夢中だったから。それは、元をたどれば凛が俺達をライブに出るように仕向けたからだ。仕向けたって言うのはどうだろう……。

すれ違いは、謝ればいい。説明をして誤解を解けばいい。でも、あの様子じゃ聞いてくれなそうだ。

カードの裏側は赤と黄色の人間のような二体の生き物、背景は濃い水色。おかしな絵で、俺にはなまはげと節分の鬼がタッグを組んで、空から高らかに笑っているように見える。

「准さんと宗助に相談しよう……」

スマホの凛の横顔のアイコンを見ながら、頭を抱える。

「あ、失礼。ノックをし忘れた。いると思わなかった。早いね」

ドアが開いて、コハルさんが入ってきて、俺がいることに驚いている。

「ちょっと、早く着きました」

俺は顔を上げて、ポストカードをとりあえずエプロンのポケットに入れて、文化祭のパンフレットをロッカーに放り込んだ。

「来夢くん。それ、花子さんの絵だね。どうしたの？」

コハルさんが、嬉しそうに言った。

「そうなの？　ちょっと、もらっただけ。なんの絵かなとは思ったんだけど、花子さんのだとは思わなかった」

俺はカードの表だけ見えるようにコハルさんに見せた。

「それはね『これからの二人』って題名の絵なんだよ。『愛の七部作』というものの最初の絵。右が花子さん」

「愛？　自画像ってことは、これが花子さんの顔で、こっちが小夏さんとか？」

まじまじとカードを見るが、やっぱり、鬼かなまはげにしか見えない。

「ううん。最初の結婚の時に描かれた絵だから、左は夫だね。紆余曲折あって結ばれた二人の絵。だから結構人気がある。そして『愛の七部作』の最後は『解放』という作品なんだよ。絵画と彫刻のセットで、赤い花と青い人の絵から彫刻へと変わっていくような不思議な作品になるんだ。並べて展示したいという希望があるけれど、花子さんが嫌がるから封印されている。僕は、七部作の中では、その『これからの二人』が一番好きだな」

コハルさんは、俺の顔を見て、カードを見る。

「花子さんの元彼というか元夫、そういうのって、コハルさんは平気なの？」

「うーん。これが描かれた時期、僕は子供だったからね。それに対しての嫉妬も、当時の花子さんの感情も、異次元で捉えている」

コハルさんはにっこり笑った。この笑顔と落ち着きが俺にあればいいのに、と思う。

「来夢くん、この彼女と上手くいっていないの？　その文化祭のことなんだけど、もしかして、僕や小夏ちゃんが花子さんの家族だということで、なにかしらの迷惑をかけたなら謝るよ」

コハルさんが申し訳なさそうに眉尻を下げる。

俺は、凛が書いたメッセージをコハルさんに見せていたことに気が付き、ため息をついた。俺というのは、どこまでも詰めが甘い。

「それは、これとは全く関係ないですよ。気にしないでください。なんていうか、俺が悪いってことだから、怒られているだけ。彼女でも、なんでもないですよ」

きちんと否定する。コハルさんがこうして悪くないことなのに、俺を気遣って謝ってくれる。いつもこういう時に大人の気遣いを知る。

「でも、良かったよ。こうして誰かに好かれて、来夢くんがきちんと高校生活を楽しんでいる。最初は、小夏ちゃんは君のことを『自分勝手で自暴自棄で自己矛盾だ』って嘆いていたから、僕も心配したよ。では、今日もよろしくね」

コハルさんは、そう言ってロッカールームを出ていった。

「自分勝手で自暴自棄……、その後はなんだっけ？　俺って、結局は自分勝手か」

凛の文字と、花子さんの愛を見比べて、ロッカーの中の文化祭のパンフレットにカードを挟んで鞄の中にしまう。ロッカーを閉める前に、ロッカーの中に張り付けられた鏡を見る。本日二回目の自分勝手という言葉は、すごくこたえる……。

毎月一日に申請書を提出しないと部室が使えないことになったのは聞いていた。そんなことは、俺には関係ないと思っていた。

でも、それに関連して軽音楽部の方針が変わり、鍵の保管場所が変わり、軽音楽部の部室は部活の日以外は入れなくなったことを昨日聞いた。それには、無関係ではいられない。俺達の練習ができないことを意味する。

「あーあ、アウトローには生きにくい世の中になっちゃった」

宗助がドアをガタガタと揺するが、開かない。

「なんで俺の楽器を勝手に管理されないといけないんだ？」

准さんが舌打ちをする。部室に置きっぱなしにしていた俺達のギターはドアの向こうに見えるが、鍵がかかっているので触れない。

「仕方ない、カラオケボックス行くにしても、ギターは持ち出さなくちゃ。職員室に行くか、部長に電話するか、どっちか……。部長の方が、面倒が少ない？　嫌味ばっかり言われるけど、仕方ないか……」

俺はスマホを取り出すが、気が進まない。

「……もしもし？　初めて掛けるけど、俺、奈良岡……。落ち着いて。軽音楽の部室の鍵って持ち出せる？　俺のベースが囚われのお姫様みたいになってるんだよー。今すぐ助けないと、可哀想だよね？　俺とベースは一心同体って……。え？　やってみてくれる？　俺も准さんも、来夢もいる。マジ？　嬉しいよ。待ってるねー」

隣で宗助が電話を始めて、すぐに切る。

「部長から鍵を借りてくれるってさ。良かった、良かった」

宗助は、俺と准さんに向かってにっこり笑ってみせる。

「……宗助。相手は誰なんだ？」准さんが呆れ顔で尋ねる。

「我が軽音楽部部長の妹さんだよ。この学校の一年生なの。文化祭のライブで俺達のファンになって、特に俺推しってことで、何か困ったことがあったら連絡してって言われていたのを思い出した」

宗助は、スマホの画面を見せる。部長の妹のSNSを覗く。菜の花ブルーの文字が見えて、准さんと俺は顔を見合わせる。

十五分後、俺達を見て嬉しそうな部長の妹さんが鍵を開けてくれて、俺達は自分の楽器を取り出すことができた。

楽器をケースに入れてそれぞれ背負うと、俺達は自分の下駄箱に向かう。

「さて、練習だ。といっても、文化祭も終わって、身が入らないなあ。俺が作詞に手こずっていた新曲は仕上がったけど、披露するところもないしね」

宗助は上履きを片方ずつ脱いで、足でポンポンとリズムよく自分の下駄箱に入れる。

「……なあ、やっぱり、行ってみないか？　ここ」

俺はギターケースにしまったまま、忘れたことがない名刺を取り出した。

宗助の顔がキュッと引き締まる。


電車に乗って、歩いて着く見知らぬ場所。

昼間なのに、なんだか明るさのない通りにあって、よくわからない店で埋まっている古いビルの地下にあって、ベタベタとライブのポスターが貼ってあって、退廃的でどこか人を寄せ付けない雰囲気のこの店が、ライブハウス『28★』。ニジュウヤホシと読む。普通は読めない。ずっと頭の中にあった『28★』という看板は、確かに俺の目の前にある。でも、店は地下にあり、どんな店かよくわからない。

「この格好で、非常に入りづらいな」

准さんが自分の制服を見て、ネクタイに触れる。

「またにしようか、やっていないみたいだし」

宗助は珍しく腰が引けている。

俺達は、どうするか話しながら、その場を行ったり来たりする。

「……ここまで来たし、やっているかだけ、見てみよう」

俺は名刺を握りしめて、地下に続く暗い階段を下りる。准さんと宗助もついてくる。

店のドアにはCLOSEの札が揺れているが、中から音が聞こえてくる。ベースの音だ。

俺は振り向いて、准さんと宗助の顔を見た。二人が肯いた。

「こんにちは……」

緊張と怖さを抑えてドアを開けると、軋《きし》んだ音がする。

「まだ準備中で……って、高校生か？　その制服は、後輩だな？　軽音？」

ベースを弾いていたオジサンが俺達のことをジロジロと見て、考えるような表情になる。短髪で口髭と顎髭。スーツ姿。近寄りがたい大人の男……。顔もあまり覚えていないが、その声を聞いてわかった。

文化祭の時は、革ジャンとデニムで、長髪で、髭なんてはやしていなかった。今の姿は印象が全く違う。この人が名刺をくれた『28★』オーナーの四方重吾さんだ。

「ああ、菜の花の三人だ。やっと来たのか」

四方さんは、俺達に向かって手を振った。強面《こわもて》だけれど、笑うと人懐っこい顔になる。

「そうです」

准さんが答えた。宗助の肩から力が抜けるのが見て取れた。俺もきっと同じだろう。

「すぐに尻尾を振ってここに来るかなって思ったけど、君達はちっとも来ない。メッセージも届かない。君達の連絡先も教えてもらっていないから、こちらからは何もできない。最近の高校生はガードが堅いねえ」

四方さんは、ベースを弾きながら笑う。

「こういう世の中ですから警戒しないと。自己防衛です」

宗助が答えた。

「それで、自己防衛を外してまでここに来たってことね」

四方さんはベースを置いて、立ち上がった。

「はい。四方さんは、あの時、俺達を育ててくれるって、言ってくれましたよね？」

俺は答えた。緊張はさっきから足元にウロウロしていたけれど、今は指の先にまで上がってくる。

「あの時、そう言ったよ。俺はあの時、田村来夢の作った曲は面白い。奈良岡宗助の書いた詞は面白い。百目木准の声が面白い。これからどうなるか見たい。そう思った。そして、君達は、購買部のテーブルの上でなくて、舞台で音楽をやりたいと思ったから、こうしてここでまた会った。それでいい？」

四方さんは、顎を撫でて俺を見る。

「はい」

「俺は菜の花の君達に興味がある。でもね、今の実力ではすぐには無理だな。俺が良いって思ったら、舞台に上げる。だから、全ては君達次第だね」

四方さんは俺の顔を見て、宗助と准さんを見て、四方さんの後ろにある舞台を指さした。

俺も、宗助も、准さんも、少し先にある舞台を見た。

暗くて、アンプがあって、ドラムが置いてある。

あの舞台で、菜の花ブルーとして、演奏できる日が来るかもしれない。お客さんが入って、演奏して、歌うための舞台。

久しぶりにワクワクしている自分を、すごく冷静に見ている俺がいる。そんなことできるのか？　この俺が？

「せっかく来たし、俺は菜の花の君達にジュースを出す。菜の花の君達はどうする？今、三十分時間がある。きっちり三十分しかないよ。今夜のライブの準備が始まるから」

四方さんが、立ち上がって舞台を手で示して、時計を見た。

「使わせていただきます。ジュースのお礼に曲を演奏します。その舞台に上がっていいんだ、やったー。准さん、来夢、行こうよ」

宗助がぴょんと高く、跳び上がる。准さんがギターを背中から下ろした。

「よろしくお願いします。頑張ります」

俺の声は自分の声じゃないみたいだ。


四方さんに言われて、渋々帰り支度をして、色々な人に挨拶をして、次の約束をした。三人で『28★』を出ると、もう暗かった。

スタッフや、出演者が集まって、これからライブが始まる前のワクワクするような空気は、すごく新鮮で神聖な気がする。

もっとここにいたい。もっと色々見たい。後ろ髪を引かれるってこういうことだが、俺達はもう帰らないといけない。高校生だから。制服だから。親の許可がないから。校則違反だから。実力がまだないから。

「四方さんから教えてもらった曲、早く聞きたい。たくさんダウンロードしなくちゃなあ……。さっきは、俺がミスしてごめん」

准さんは、鼻をつまむようにしてから目を擦る。

「……泣いているの？」

俺が驚くと、准さんが「泣いてねえよ」と首を大きく振った。歌詞を間違えて歌ったことを気にしているのだろう。

「わかるよ、准さん。なんだろうね。なんかすごかった。舞台っていうのに圧倒された。アチコチ、ワクワクするよね。俺、スイッチ入ったみたい。楽しいから、いいじゃん」

宗助が俺の肩をポンポン叩く。

「ホント、楽しいな……。きっと大変なんだろうけど、そういうの今は考えない」

俺が言うと、なんとなく三人で顔を見合わせる。

「自分達の曲をもっと作って、四方さんに見てもらおう」

俺が言うと、二人が「おー」「あれ？　えいえいおー、じゃないの？」と答える。

迫力も団結力もないけど、俺達らしいと思う。

ライトが点き始めた駅が、キラキラと光って見えた。


次の日、朝の授業開始前に、俺達三人は職員室の前に集まった。

軽音楽部を退部する。昨日、そう決めた。

俺と准さんは、顧問の教師からもらった退部届に名前を書いた。卒業が近いからという理由で准さんは引き留められた。でも、断った。宗助は「仮入部は取り消します」と言っただけで辞められた。俺は、名前を書いただけの呆気ない最後だ。

「辞めてみたらスッキリするなあ。卒アルに軽音楽部で写真が残るのも嫌だったし。これで、めでたし、めでたし」

職員室を出た准さんが、伸びをした。

「じゃあ、今日はあのカラオケボックスで練習ね。今日も予備校がないし、帰りにまたラーメン食べよう。もう辛いのは嫌だよ。准さん、喉に悪いよ」

宗助が、准さんに寄りかかるようにして笑う。昨日、気合いが入ってしまって、激辛ラーメンを食べたが、大変だったことを思い出して俺も笑う。

「……二人に聞くけど、俺って、自分勝手かなあ？」

ふと、ふざけている宗助と准さんの後ろ姿に聞いてしまった。二人が、少しの間をおいて、同時に俺の方に振り返る。

「来夢は自分勝手というか、反発が好きなんだと思っていた。捻っていないと俺じゃない、みたいな？」准さん。

「今頃？　気が付いたからちょっと直ったのかと思っていた」宗助。

やっぱり俺は、凛が言う通り、自分勝手のようだ。

大きなため息をつくしかない。髪の毛をクシャクシャにするしかない。

でも、ここで腐っては意味がない。ダメはダメなりに、少しずつきちんとするしかないではないか。前の俺もそうしてきたのだ。俺は、腹をくくった。

時計を見て時間があるのを確認して、准さんと宗助と別れ、俺は急いで階段を上がる。

違うクラスに行くのは、なんとなく苦手だ。自分の席やロッカー、名簿に名前がないだけで、アウェイな空気を感じる。

隣のクラスの開いているドアから、首を出して覗く。窓際の前から三番目の席について、一人、ぼんやりしている凛を見つけた。

「凛」

俺が呼ぶと、凛は弾かれたようにこっちを見た。そして、教室にいたみんなの視線が、俺に集まる。女子の何人かは、意味ありげな視線を交わす。

「みんなが見るから、やめてよ」

凛が慌てながら寄ってきて、俺を教室から押し出すようにして、廊下の壁まで移動する。

「話があって、今いい？」

「なんで、直接なの？　……別にいいけど、早く終わらせてね」

凛は、俺から目を逸らした。スマホの力を借りようとしたけれど、こうして直接言うことに決めた。

「会って話すのがいいと思ったんだよ。用件を言う。文化祭の時は、ごめん。ライブのことばっかりで、文化祭のパンフレットも全く見ていなかった。凛の手紙も知らなかった。ずっと待たせて、ごめん。それと、軽音楽部は、辞めた。以上です」

凛の顔を見て言ったが、凛は俺の顔を見ない。廊下の一点を見つめている。

「なんで？　せっかく……」やっと、凛が俺の顔を見た。

「文化祭のライブで、ＯＢのライブハウスのオーナーに声を掛けてもらった。その人が、新人を探していて、色々教えてくれる。まず、そのライブハウスで演奏できるように、准さんと宗助と頑張ろうと思う。今の俺では色々甘いと思うけど、真剣にやってみるつもり。部にいると、決まり事とかあって、俺には向いてない」

落ち着いて話そうとするけど、早口になる。

「そうなんだ……」

凛は俺を一瞬見て、すぐにまた目を逸らす。ブレザーの袖から出たセーターの袖口を弄る指に、透明のマニキュアが塗られている。

「そう」

「……もういいよ。来夢、お互い水に流そう。今まで通りにするから、写真を撮らせてね。来夢はアタシの大事な被写体なの。ライブハウスに行く時、教えてね」

凛が明るい声を出して、まっすぐ俺の目を見た。あの時、別れ話の後もこの明るさだった。ずっと理解できなかった。凛は吹っ切れていて、俺が苦しいだけだと思っていた。

でも、今はなんとなくわかる。凛に無理をさせている。俺達は、無理をしている。そして、これを有耶無耶にしたまま今まで通りに続けたら、俺と凛はずっとこのまま変わらない。俺が凛を解放してあげないと。それが俺のやるべきこと、そんな気がする。

俺は、凛の笑顔をまっすぐに見た。

「……そういうの、辛いんだ。凛が俺のことにモヤモヤしているのを見るの。だから……違うな。そういう言い方が、俺は自分勝手で、ダメなんだよね？」

俺は首を振って、気持ちを落ち着かせるために息を大きく吸って、吐く。凛が、少し不安そうな顔になる。

「俺が、嫌なんだ。凛のこと好きだったから、ずっと写真を撮られるのが辛かった。友達に戻るのも大変で……。あ、今は違うよ……。凛のことは、もう違う。今の俺は、ただ写真を撮られたくない。演奏の時は、集中したいんだ。もう被写体は辞めさせて」

俺は凛から離れて、振り返らずにクラスに帰る。

凛の小さなすすり泣きが聞こえた気がした。

自分のクラスに入ると、もう凛が近くに来ないと思う。そういう自分の気が小さいところがくだらないと思う。でも、ホッとするのは事実。

小夏さんのことを思い浮かべる。すぐに思い浮かぶ小夏さんは、得意げに右手を上げている。いつもアルバイトの時、後片づけの内容で俺にジャンケンを仕掛けてくる。勝つと大人気なく楽をする小夏さんが、俺はすごく好きだ。

その小夏さんは、自分勝手な俺を脱したら……。

今の時点で、かなり胸が痛いんだけど、この先耐えられるのかな……。机に突っ伏して、目を閉じた。

運転している小夏さんの頭を見ながら「まだ死にたくない」と言うと、「大丈夫。それよりもガッツを黙らせてよ」と返ってくる。

　このやりとりは、今ので六回目だ。口とは裏腹に、小夏さんの運転は安定していて、俺は安心している。ちょっと、不謹慎な気がするが、この状況に幸せを感じてしまう。

　後部座席にタオルケットを敷いて、その上に辛うじて座っているガッツの喉のあたりの毛を撫でながら宥める。車に乗ってから、ガッツは歌うような遠吠えを続けているので、車内はずっと騒がしい。

　若葉マークがついた車を路上に停めた小夏さんが病院に入っていくのを、ガッツと一緒に見送る。近くのフェンスにリードを結わえると、ガッツは道に伏せて、自分の腕に顎を乗せた。

　沙夜子さんが急に転院するということを、沙夜子さんの知り合いのお客さんから聞いたので、お別れをするためガッツを車に乗せて病院にやって来た。

「上手くいけば間に合うかもって、看護師さんに言われた。白のワンボックスの車」

小夏さんが走って戻ってくるなり言った。小夏さんは車に興味がなく、色と形以外、車の見分けがつかないと、さっき判明したばかりだ。

「手がかりがそれだけ？　探すって、どこを探せばいいの？」

「車なんだから、だいたい病院の駐車場でしょ？　早く。ガッツ、おいで」

小夏さんが、ガッツを呼んでまた走る。ガッツは耳をピンと立てて立ち上がった。

「小夏さん、ちょっと待って、紐を解かないと……」

結んでいたリードを解いた途端にガッツは小夏さんの方に走っていく。小夏さんはガッツが引きずったリードを拾う。

「ガッツ、さっきの遠吠えをしながら走ってよ。会えるから、間に合うからね」

小夏さんは走りながら、ガッツの首輪と繋がっている紐をグイグイ引っ張った。

「犬に無茶言うな。俺の方が速い」

追いついて、小夏さんが握っている紐を受け取って走った。体育祭以来の百メートルという感じで、胸が痛く感じる。

「田村くん、もっと速く走って。待って、あれじゃない？　沙夜子さんっ、ガッツがいるのっ、待って、待って」

駐車場に行く前に小夏さんが声を張り上げて、白い車を指さす。ガッツがピョンピョンと跳ねた。二十メートル先で、空の車椅子だけを手元に残した男性が手を振っている。車は追いつけないスピードで駐車場を出ていくところだった。

「なんで……」

走るのをやめた小夏さんは、呻くのと、息を切らせるのをごちゃまぜにしている。ガッツはそんな小夏さんを見上げていた。ガッツの茶色い目は小夏さんだけを見ている。小夏さんは道路に座り込むと、お座りをしたガッツの肩を抱いた。ガッツの頬に鼻をくっつけて「ガッツ、ごめんね」と何回も謝った。

ガッツは尻尾を振って、小夏さんの匂いを嗅いでいた。

小夏さんが、家庭教師を一か月くらい休ませて欲しいと母親に連絡をしてきた。それ以来、一切連絡がつかない。姿も見ない。ガッツも、一緒に姿を消した。『アニー』は開いているのだが、アニーさんはしばらく不在と、アルバイトのピンクの髪の青年が教えてくれた。

今日は、コハルさんから「急に三日間の休みを取ることになった」と留守電が入っていた。スマホで聞いたコハルさんの声は、いつもと違って弱々しかった。

「このままいなくなったりしないよね？　そもそも、あの三人は幻だったとか？」

コハルさんの電話を聞いた次の日、宗助が不安そうな目で、冗談を言った。准さんと俺は、ただ顔を見合わせた。

気になって仕方がなくなって、学校から制服のまま『小春日和』に向かった。

当然、『小春日和』はCLOSEの札が掛かっていたが、俺がドアを引っ張ってみると開いた。ドアの鈴はいつもの涼しげな音を立てる。

「開いているけど、電気もついてない。……泥棒とか？」

准さんが、中に入ってキョロキョロと見回す。

なにもかも、タイミングがずれているようで、怖い。

「あ、外に小夏ちゃんがいるじゃないか。ガッツも……。良かった」

宗助が嬉しそうに言ったので、窓の外を見ると、小夏さんがテラス席の床をデッキブラシで擦ろうとしている。俺達は、飛び出すようにテラスに出る。

「小夏ちゃん、いたんだ。今まで、どこにいたの？　メールも返ってこないから、心配したよ」

飛びついてきたガッツを撫でながら、准さんがホッとしたような声を出した。

「みんなはなんでここにいるの？　アニーさんとガッツと別荘で暮らしていた。通信も断っていた。アニーさんは、明日帰るよ。知り合いのところに寄るっていうから、さっき別れた」

髪をポニーテールにしている小夏さんは、無地のピンクのシャツに白いトレーナーとデニムパンツというごく普通の出で立ちで、微笑んだ。

「手伝うよ」

宗助と准さんと俺は、ただ掃除をした。いつの間にかどこからかやって来て、テラスのアチコチに溜まった汚れを、みんなで集めて、仕上げにバケツリレーをしながら床を水で流す。

テラスの隅を入念に鼻で点検していたガッツは、デッキブラシに噛みついたり、振り回したり、いつもより楽しそうに尻尾を振っていた。

掃除が終わると、小夏さんがインスタントの珈琲を四つのマグカップに作り始めたので、手伝う。珈琲の香りは、誰もいない店の中をいつもよりも自由に漂っていく。

珈琲をテラスに運ぶと、また店内に戻っていった小夏さんは、腰をかがめて、旅行バッグくらいの大きさのビニールで巻かれたものをズルズル引きずって現れた。

「ほぼ完成した」

そして、ハサミを使って包装を解いてから、ゴトゴトと大きな音を立てて、組み立てていく。

「ざらつく肌って表現できないから模様を入れることにした。でも、模様を彫るのがすごく面倒で、飽きちゃって困ったよ。彫刻って、すごく大変なんだなって思い知った」

小夏さんは、でき上がったものと俺達を、交互に見ながら呟いた。

二本足と尻尾で立っているその像は、頭や身体や尻尾、手足は白、お腹はクリーム色で塗られている。白い部分には波の模様が細かく彫られているのだが、小夏さんが「飽きた」と言っていた通り、上半身に比べ下半身はつるりとしている。

両手で胸元を隠すような隠さないような、ぎこちないポーズ。俯いてはいるけれど、上目遣い。上まつ毛の生えたコバルトブルーの瞳。顔の横に左右五本ずつ切り傷みたいなものも入っており、ものすごく気弱な性格にも見えるし、隠しているけれど強気な性格のような気もする。

今まで一度も見たことのない、不思議な生き物の像が、目の前にある。

「これは、ワニか？　怪獣か？　いや、尻尾とか、五本の鰓《えら》とか、サメかな？　いや、やっぱりワニか……わからない」

宗助が、像に顔を近づけて、考え始める。

「これは、シロワニというサメがモデル。私の創造で、足と手を付けて、顔もちょっと可愛くしてみた。まつ毛をつけるのが大変だった」

小夏さんが、木材から時間をかけて彫り出していたのは仏像ではなく七十センチくらいのシロワニだった。

「無理矢理写真集で脱がされたアイドルみたいな架空のシロワニ……。小夏さんらしい。でも、すごく、なんていうのかな……」俺は、小夏さんの顔を見た。

「過剰で、不足で……。俺も何とも言えない。けどなあ……」准さんも首を捻る。

「二人とも、何が言いたいの？　私はこれしか作れなかったの」

小夏さんがふて腐れたような顔をする。

「的確な感想は見当たらないけど、直接的に心に響いてくるものがあるってことだよ。俺はこのシロワニの像、好きだよ」

宗助が両手でＯＫのサインを作る。俺と准さんも肯いた。

小夏さんがこの世界に作り出したシロワニの像はなんだか憎めないし、親しみがある。

「コハルちゃんは気に入るかなあ……。今日は雨じゃないよね？　濡れると困るの」

最後の仕上げだという得体の知れない液体を、小夏さんが振りかけ始めた。掃除したばかりのテラスのアチコチに液体が飛び散るが、小夏さんは細かいことをあまり気にしない。

ガッツがくしゃみを連発する中、艶をまとったシロワニは身をくねらせて喜んでいる、ように見えなくもない。

「小夏ちゃん、ガッツ、おかえり。そして、なんでみんながいるの？　銀行ってどうして三時までなのかなあ？　明日も銀行に行かないといけないから、休まざるを得なくてね。僕は働きたいのに、仕方がなかったんだ。でもね、コンビニで新発売のコロッケを六個も買えた。売り切れ続出の、飲めるコロッケだよ……。それは何？　異観だね」

　コハルさんの眠っていないような赤い目は、シロワニに固定されて動かない。

「自由に作ったら、これになった。仏像があれば、コハルちゃんが毎日手を合わせられるって思ったんだけど、仏像は作れなかった。ごめんね」

「なんで、僕に仏像を？」

　コハルさんは、小夏さんを見て首を傾げる。

「だって、朝早くと夜遅く、いつも空に向かって毎日お願いしてくれていたでしょう？　母がこのまま目が覚めなくても、一日でも長く私とコハルちゃんの傍にいられるようにしてくださいって、心から言ってくれていたでしょう？　いつも、それをこっそり聞いていた。心から、嬉しかった。だから、もっと早くコハルちゃんに仏像をあげたかったのに、作れなくって、こうなっちゃったよ」

　早口の小夏さんがシロワニの像を指さした。怒られることがわかっていて、服を汚した子供みたいな顔をしている。

「……見ていたなんて、知らなかったよ」

コハルさんが、小夏さんを見つめた。

「コハルちゃんに、あげるよ。こんなの、もらっても困るか……」

小夏さんは、コハルさんの顔が見られないようで、下を向いてしまっている。

「そんなこと、言うわけないじゃないか。すごく気に入ったよ。とっても、可愛くて、面白い。花子さんも、近くですごく喜んでいる。僕には、わかるんだ」

コハルさんは、小夏さんにすごく優しい微笑みを向けた。小夏さんは、顔を上げて、すごくホッとした顔をした。

「ペロペロキャンディって食べづらくて甘くて、私には辛かったけど、真似をして、作る時は冷蔵庫に入れていた食べかけをまた舐めたの、そうするとまた意欲が出た。物を作るって、気力がいる。途中で何度も、なんでこれを作っているのかって疑問が湧いてくる。そして、放り出したくなる。でも、ペロペロキャンディを舐めていると、それが消えた。お母さんは、すごいよね。私、今更、そんなことわかっても、どうにもなんない……」

小夏さんは、少し上の方を見て笑った。

「これはここに置いておく。空が見えるところが良いよ。花子さんは空が好きだからね。僕がお世話をするよ。今までもらった中でも、これは最高のプレゼントだよ」

コハルさんが目元を指で拭ったのが見えた。

コハルさんの後方から近づいていったガッツが、フンと鼻を鳴らしてからコハルさんの背中に飛びかかった。コハルさんが、驚いて飛び上がった。

「ガッツ、もうお腹が空いた？　コロッケ、良い匂いだものね」

小夏さんがクスクス笑い出したのを見て、俺は店に戻った。

「天気予報では明日の明け方が雨だったよ。このシロワニは濡れたらダメなんだよね？」

置きっぱなしだった傘を開いて、シロワニの像に立て掛けた。

「それは大変だ。濡れると困る」

宗助と、准さんも、シロワニの像が濡れないようにビニールを屋根にしたり、もう一本傘を立てたりと手伝ってくれた。

そして、五人と一匹でコハルさんが買ってきたコロッケを食べた。コロッケはさすがに飲めはしなかったけれど、トロッとしてすごく美味しかった。

それからしばらくして、コハルさんがアレコレと希望を出して、小夏さんが設計と製作をした祠《ほこら》がテラスに運び込まれた。シロワニの像には台座が用意され、花が飾れるようになった。

シロワニの像は『小春日和』の一部になって、お客さんも喜んで写真を撮っている。

それを眺めるコハルさんは、とても優しい顔をして、そんなコハルさんを見る小夏さんは、少し悲しそうな顔をする。

小夏さんも、コハルさんも、時期が来ないと俺には何も言わないし、頼ってくれない。ただ、俺は二人の傍にいたいと思う。

俺の目に映るシロワニの像は、雨の日でも晴れの日でも、空を見ては、喜んでいるように見える。

# 宇宙船

ホットチョコレートを作るのが好きだ。

カップにチョコレートソースを入れ、沸騰するギリギリまで煮た熱い牛乳を入れてかき混ぜる。薄茶色の液面にホイップクリームを絞る。白とピンクのマシュマロを計四つ浮かべ、赤く透明なストロベリーソースをかけてから、ナッツを散らす。

豪華に感じられる見た目と、甘い匂いで、冬の空気も少し温かくなる気がするし、お客さんが写真を撮ったり、美味しそうに飲んでくれたりするとウキウキした気分になる。

店でコハルさんに習って、練習して、お客さんに出して褒められたのを機に、材料を家に揃えて、まず、弟の来智と母親に作った。母親は驚き、受験勉強をしている来智は甘いものが嬉しいと喜んだ。それから少しして、父親にも甘さ控えめにして作った。

「来夢、ありがとう。アルバイト、頑張っているんだな」

そう父親に言われて、俺はなんて言えばいいかわからず、もごもごと誤魔化した。

あれから、俺が作ったホットチョコレートを四人で飲むことがある。声を掛けているわけでもないのに、俺がホットチョコレートを作ると、来智が、母親が、父親が、キッチンに集まってくる。それぞれの好みの甘さで、作れるようになった。

こうやって店で、家のことを温かい気持ちで思い出すことを不思議に思う。

「そのケープ、すごく可愛い。もしかして、自分で刺繍したの？　上手。お姉さんに似合っている」

外から帰ってきた小夏さんが、顔なじみの女性客に話しかけられた。

「ああ、ありがとうございます。いただきもので……。また来てくださいね」

小夏さんは笑顔でお礼を言った。小夏さんは、このところキャラメル色のケープを羽織っている。秋は終わり、冬になってしまった。

「馬鹿みたい。ケープとか、コートまで作っていた。一年中の洋服があるから、好きなものが買えないじゃない」

小夏さんが、呟いた。暖かそうで上質な生地でできたケープには、波模様が刺繍されている。それも花子さんのお手製なのだろう。

「雨は降ってきた？　ガッツは寂しがった？」

コハルさんが奥から顔を出した。

「まだ降っていない。走ったらガッツは疲れたみたい。奥で休んでいた」

　小夏さんは小さな声で答えて、ロッカールームに入っていった。

　今日は夕方から大雨だという予報を受け、散歩ついでにガッツを自宅に置いてからまた『小春日和』に戻ってきた。小夏さんはそれからひどく無口で黙々と働いて、客が途絶えるとカウンターの隅の椅子に座り込んだ。

　俺はホットチョコレートを作ると、小夏さんの前に置いた。

「練習していて、余ったからあげる。飲んでいいよ」

「ああ、そうなの。ありがとう」

　小夏さんは俺の嘘には何の反応もせず、一口飲んだ。唇についたクリームをそのままにして、また一口飲んだ。

　カウンターにいてそれを見ていたコハルさんが、心配そうに俺を見る。

「なんだか、今日は疲れた。頭が痛い。コハルちゃん、やっぱりもう帰っていい？　ディナー手伝えなくて、ごめん」

　小夏さんは腕時計を見ると立ち上がった。

「僕一人で大丈夫だよ。ねえ、来夢くんにお願いがある。店は大丈夫だから、あの子を送ってくれる？　雨はまだ降っていない。この時間はバスで帰ると座れるし、あまり歩かなくていいんだ」

コハルさんが早口でバスの乗り継ぎ方を説明した。俺は返事をしながらエプロンを外すと、コートを取りにロッカーに急いだ。

ケープを着た小夏さんと一緒に、すぐに来たバスに乗り、小夏さんと俺は並んで一番後ろの席に座った。

前を向いて座ると、話す言葉は探しても見つからない。バスの中の空気は、外に比べてどこかが重たい。

運転手がこまめにエンジンを止める音も、少しくぐもった優しい女性の声のアナウンスも、暗い道も、もの悲しいと思う。オレンジのライトのせいか、小さな箱に入ってしまった気がするせいだろうか。

「ああ、ダメだ……。ごめん」

小夏さんは突然顔を両手で覆った。すぐに指の間からポタポタと涙が落ちる。

「え？」

俺の頭が真っ白になった。小夏さんを見て、やっと思い出して、鞄からバイトに行く前にもらったばかりのポケットティッシュを取り出したが、小夏さんは俺より早く自分のハンカチを鞄から取り出して顔に押しつけた。

小夏さんの肩のあたりに触れようとしたが、俺の手は迷ってユラユラとしている。その間に小夏さんは肘で降車ボタンを押した。

降りる客も乗る客もいなかったので、停車せずに走り続けようとしていたバスは、プシューッという気の抜けた音でドアを開いた。

「ごめん、田村くん。一人で店に帰ってね。帰れるよね？　大丈夫かな？　帰ったら連絡を必ずしてよ」

小夏さんはひどい鼻声で俺に言って、運転手さんにもっとひどい声で「すみません」と言ってからバスを降りていった。

バスはまたプシューッと音を立ててドアを閉めて走り始める。小夏さんに触れなかった手を握りしめる。

窓の外が暗く、車内が明るいので、窓ガラスにはっきり映った自分の顔に戸惑った。夜のバスで外を見る人はナルシストかもしれない、そんなことを思ってから、次のバス停で降りて俺が走って引き返す間に、小夏さんが十分に涙を流せるだろうか、と考える。

自分の気持ちに正直に、小夏さんのところまでダッシュで走ることに決めて、降車ボタンを押した。

冷たい空気が、呼吸の度に身体の中に入ってくる。白い息が視界をふさぐ前に、地面を蹴る。

小夏さんがハンカチを鼻に当てて下を向きながら、こっちに向かってとぼとぼ歩いてくるのが見える。

良かった、ちゃんと会えた。迎えに行けた。

立ち止まると、息が切れてしゃがむ。休憩しないと、話せない。

「田村くん、こんなところでどうしたの？　大丈夫？」

小夏さんが近くに来て、俺の頭に手を当てて、すぐに離した。

「……そっちが、大丈夫なの？」

「大丈夫だよ。急に、ごめん。このところ、色々忙しいから、感情が不安定みたい」

小夏さんが目だけで笑う。

「俺に、無理に笑わないで、謝らないで、お願いだから……。小夏さん」

どうして、こんな言い方しかできないんだろう。息が切れて、余計に情けない。

包容力とか、スマートな声掛けとか、インターネットの記事を読んでも、知恵を借りても、無理だった。

「ありがとう。君は、本当に良い子だね」

小夏さんは歩き出した。立ち上がって、その後ろを歩いた。どこに向かうのか、わからない。シャットアウトされた俺は、もう言葉がない。

コハルさんならどうする？　桐谷くんなら？　宗助なら？　准さんなら？　一瞬だ

けでも小夏さんの気持ちを動かしたあの元カレなら、どうする？　小夏さんをどうやったら安心させられる？　俺の頭は、グルグル回るけれど役に立たない。

「ずっと苦しかった。我慢できていた。今日はちょっと、辛かった。何とか立て直そうとしていたのに、田村くんのホットチョコレートが染みたなあ」

小夏さんが立ち止まって、俺に並ぶ。小夏さんの目は、まっすぐに俺を見ていた。

「だって、あれ、温かくて甘くてすごく美味しかった。飲み終わったら、すごく悲しくなった。どうして、私にはお母さんがもういないの？　どうして、最後まで寝ていたの？　なんできちんと話ができなかったの？　この服、私に似合うじゃない。アチコチで言われるよ。作ったのに、どうして、着たところは見てくれなかったの？　どうして……」

震える声が、嗚咽《おえつ》に変わる。

「うん。そうだよね………ヨシヨシ」

勇気を出して小夏さんの頭を撫でた途端、小夏さんが顔を上げて、俺をまじまじと見る。

「……何？　何？」

涙がまつ毛にくっついたままで鼻が赤い小夏さんは、可愛くてドギマギする。

「ガッツと私の扱い方が同じだよ」小夏さんが、笑い出した。

「なんでだよ。違う。大違いだ。同じなわけ、ないだろ？」

否定しても、小夏さんはますます笑うだけだ。

「もうスッキリした。お腹空いた。家に帰ってもご飯がない。温かいもの食べて帰ろう。ラーメンと餃子と中華丼のセットが食べたい。すぐ探して、ご馳走するから。食べたら、コハルちゃんのところに戻る」

小夏さんがハンカチで顔を拭いて、バッグから手持ちの鏡を取り出した。鏡にはなぜかアニーさんのレスラー時代の写真が貼ってある。写真のアニーさんに「田村、まだまだ甘いわねえ」とため息交じりに言われている気がする。

俺は、すぐにスマホを取り出して検索をかける。

「セットがあるかわからないけど、あっちに中華の店はある」

「さすが田村くん。ねえ、こんな顔で、行ける店かなあ？」

小夏さんが首を傾げた。

「行けるだろ、誰でも。お金払ってちゃんと食べるんだから……」

「そうだね。誰も見ていないよね。じゃあ、早く行こう。すぐ行こう。お腹空いた」

小夏さんは、俺の背中を押して歩き始める。

今なら小夏さんとの距離が縮まるかもしれない。教え子で、子供……そんな俺の立場が、変わるかもしれない。今だけは、そんな気がする。

さりげなく小夏さんの隣に移動すると同時に、横目で様子を窺う。小夏さんは腕組みをしているようで、花子さんの手作りのケープに隠れた手を握るのはなかなかの困難だ。花子さんからも「まだまだね」と言われた気がする。

「やっぱり、泣いていたのがわかるかな？　目が腫れているとか？　困ったなあ」

小夏さんが、俺の顔を見てまた鏡を取り出した。

「そのままでどこでも行けるよ。だって、十分に可愛いよ。どんな顔でも、俺は小夏さんとなら、どこでも行くからね」

そんな言葉は、口から出ない。俺という人間は、自分でも扱いづらくて仕方がない。ため息の代わりに、小夏さんの希望のセットが今から行く店にありますように。俺が支払いの時にお金をスマートに払えますように。小夏さんがお腹いっぱいで笑顔になりますように。明日もまた小夏さんに会えますように。そう祈った。

# 水分

このところ、『小春日和』の売り上げは好調だ。

寒くて乾燥する時期、『小春日和』では生姜と牛乳をメインにしたメニューを打ち出している。豚の生姜焼きは当たり前として、生姜ご飯、生姜ソースをかけた白身魚のソテー、生姜の味噌汁、生姜のカレー。そして牛乳プリンやパフェ、牛乳ご飯、牛乳入りの味噌汁なども出した。新規の常連客も何人か増えた。『小春日和』が、誰かの憩いの場になっていることが、素直に嬉しい。

俺とコハルさんと、准さんは、黙々とそれぞれの仕事をこなしていく。作業中はピタリと呼吸が合っている、頼られている、そう感じられる瞬間が多くて、バイトはすごくやりがいがある。

買い出しに出掛けた准さんと入れ替わるように店に来た小夏さんは、植木を抱えていた。

植木といってみたものの、それは鉢を入れると三十センチくらいの高さで、頭には枯れた数枚の葉っぱを生やし、白い身体に棘をたくさん張り巡らせた、今まで見たことのない奇妙な植物。

「それ、萎れたパイナップルとか？」

「まあ、そんなものかなあ」

カウンターに到着した小夏さんは、コップになみなみと水を入れると植木鉢に注いだ。赤青黄がまだらに塗られた奇抜な植木鉢の中の土は、シューシューと音を立てた。カラカラに乾いていたらしい。

「手続きは終わった？」

カウンターで仕事をしていたコハルさんが小夏さんに聞いた。今日、小夏さんは花子さんの会計管理などをしている事務所に顔を出していた。

「引き続き、色々なことをあの人に頼んだ。とりあえず、大きな作品の整理はめどがついたよ。一番新しいあの作品は、複数の美術館が欲しいって言ってくれている」

「そう。いつでも誰かが見られるように作品を展示して欲しいな。僕も、見に行くよ」

コハルさんは、遠くを見るように目を細めた。

コハルさんが花子さんを想うとすうっと透明な気配が漂う。小夏さんは、コハルさんを眺めて、ほんの少し悲しそうな表情になる。俺は、そういうのが悲しいけれど、綺麗だとも思う。

「……それとね、この植木が事務所にあったの。母がこれを預かって欲しいって託したままだったみたい。でも、あの人も忙しいでしょう？　水をあげたりあげなかったりしていたみたい。隅に放置していたのを、今日になって見つけたの」

小夏さんは、植木をコハルさんに差し出した。

「可哀想に。外のバケツに水を溜めて給水したらいいかもしれないよ。手が空いたらやるね。この子、なんだか憎めないビジュアルの植物だね。パキポディウムかな？」

植物が大好きなコハルさんが鉢植えを点検して、小夏さんに微笑みかけた。

「そう。当たり。これは光堂っていうパキポディウムだよ」

小夏さんはコハルさんを見て肯いた。

「花子さんは生き物が嫌だと口では言っていた。だから、自分からは買うはずはない……。それなのに、わざわざ世話まで頼むなんて、誰かからのプレゼントかね？　僕に言えない誰かとか……」

少し心配そうなコハルさんが質問をすると、小夏さんは耳を肩につけるようにして首を左右にひねってから、少し言いにくそうに話し出した。

「自分で買ったと思うよ。同じような種類で、魔界玉っていうのを私が高校生の時にお母さんにプレゼントしたことがある。理由は名前も姿もお母さんに似ているから。

そうしたら、水を毎日あげて枯らした。水をあげないでっていうのに、私がいない間にあげているの。枯れちゃって私が怒ったら、お母さんはパキポディウムを買ってきて、こっそり置いていて、また枯らして、私が怒って、また買って……。それを繰り返した時期が何年かある。すごくたくさん鉢植えをダメにした。だから、もう種も動物も植物も育てないと、お母さんは自分で決めたの。それなのに、またこの鉢植えがあった……。しかも世話を人に押し付けていたなんて。そして結局、こうして枯れかけているのを見つけて、呆れているところ」

小夏さんは、コハルさんに顔をしかめて見せる。

「花子さんは植物園が好きだったよ。二人で毎日のように植物園を歩いた時もある。このテラスにも植物をたくさん植えて欲しいって、僕に言った。湿った空気が創作のヒントになるって言っていた。植物も、小夏ちゃんのことも大好きだったんだ。魔界玉、花子さんに似ているなら、僕も欲しいなあ」

コハルさんは、小夏さんの顔を見つめて微笑む。

「これ、魔界玉じゃないけれど、元気になったらコハルちゃんが育ててね。私は忙しい」

小夏さんは言い残してテラスに出ていった。

今日は雨が降る予報だった。でも、予報は外れて、もう雨は降りそうにない。雨よけにシロワニの像にかぶせたビニール袋を取るために、俺はテラスに出る。冷たい風が吹いていて、上着を着ていない俺は身震いする。

小夏さんはしゃがんで、水を張ったバケツに植木鉢ごと浸けている。

「葉っぱが取れちゃった。本当は、枯れているんじゃないのかなあ……」

小夏さんは不安気な顔で、バケツの中を覗き込んでいる。バケツの中で空気がポコポコと浮き上がる。

「植物は人にはない再生能力があるんだろ？　キャベツの芯も水に浸けていたら発芽する。ニンジンのヘタも。そうやって教えてくれた。冷たいだろ？　俺がやるから……」

俺も小夏さんの隣にしゃがんで、植木鉢を支えた。冷たい水の中で、小夏さんの手と俺の手が、バケツの中で触れ合う。そのまま、棘にくっついては離れていく気泡だけを見るようにする。

「冷たくて、手が痛い。私、そんなこと教えたっけ？」

小夏さんは、俺の手と植木鉢から手を離して、立ち上がる。

「勉強中にいつもおかしな雑談をするから、そっちの方が記憶に残るんだよ」

そう言った俺の顔を見て小夏さんは笑って、冷たさですっかり赤くなっている手を擦り合わせた。

「元気になったらいいんだけど……。それ、外だと寒いよね？　受け皿を用意してくる」

「わかった」

俺は植木鉢をバケツから上げて、シロワニの像の前に一旦置いた。

「花子さん、この鉢を元気にしてください。お願いします」

小さな声で、伝える。そして、パキポディウムの植木鉢を持って、店の中に戻る。

なぜだろう、日を浴びるシロワニの像の傍には花子さんがいる気がする。

「ああ、今日もランチの売り上げ、すごいなあ。去年の四・五倍」

パキポディウムの植木を、カウンターの端っこに置く。すぐ近くで、コハルさんが手書きでつける帳簿と電卓を見て、にやけている。

「またやっているの？　売り上げが四・五倍なのは、去年の売り上げがひどかったからでしょう」

小夏さんは、コハルさんの姿を見て笑う。そして、店の棚の上に置いてある、ものすごくご利益があるという陶器の恵比寿様の置物に手を合わせる。この店内には少し馴染まないカラフルでふくよかな恵比寿様が目じりを下げて笑っている。

「毎日が平穏に続きますように。それと、堅実な商売繁盛」

恵比寿様が来てから、小夏さんはこのお祈りを始めた。ご近所さんというものは色々なものを運んでくる。

「こんにちはー。こんばんは、かな？　どっちでもいいか。准さんも来夢も、終わった？　帰ろうよー」

予備校に行っていた宗助が店に入ってきた。宗助がコハルさんに出してもらった煮卵のおにぎりを嬉々として食べている間に、買い出しに行っていた准さんも戻ってきて、俺達は帰り支度を始める。

「お疲れさまです」

三人がそれぞれ言うと、コハルさんと小夏さんが手を振る。

ドアを閉め、階段を下りて、『アニー』の前を通りながら、店の中を片づけているアニーさんに手を振って挨拶をすると、駅に向かう。

いつもの道の途中で、准さんが突然立ち止まって、自動販売機に目をやった。

「おい、ジュース飲まないか？　奢る」

「やったあ、珍しいね。准さんが奢ってくれるなんて、なにか良いことあった？」

奢ってもらうことより、俺に奢ろうとしてくれるその気持ちが大好き、といつも話す宗助が嬉しそうな声を上げる。

「進路が決まったのは、もう聞いているよ。別れるか揉めていた彼女のこと？　結論が出たの？」

俺の言葉に首を振って否定を示した准さんは、下を向いた。

「……今度の曲と前の曲、歌いにくいところがあるんだよ、俺の意見を言ってもいい？　来夢も、宗助も、聞いてくれるとありがたい。でも、無理にとは言わない」

准さんが自動販売機から視線を外し、俺の顔をまっすぐに見た。

「いいよ。歌うのは准さんだし、話し合った方が俺も勉強になる」

「俺も、もちろんいいよ。人格否定とか、嫌なこと以外は聞く」宗助が笑う。

「ありがとう。俺は作らないから、言い出しづらくて……」

准さんが鼻の下を擦る。准さんはいつもとは違う。俺と宗助は、何となくお互いの顔を見る。

「進路が決まって暇になった。それで考える時間が増えた。毎回、俺でいいのかなって、思っちゃうんだよ。もし、違うやつがいいなら、言って欲しい。俺とお前達は学年が違うし、四月から生活サイクルが違う。そうすると、お前達はやりにくいだろ？　俺と、お前達って、この先もやっていけるかな？」

自動販売機の光で、准さんの顔の彫りがいつもより深く見える。

「えーっと、それは……」

驚きながら准さんを見て、宗助の方を窺う。宗助も俺を見ながら、大きく瞬きをした。

「だから、俺は卒業するんだよ。学校ではもう会えない。ちょっとした打ち合わせも今みたいにはもうできないよ。曲だって作っていない。俺より歌が上手い人って、たくさんいる。他に誰かっていうことがあれば、今のうちに言って欲しい。突然言われるより、先に聞いておきたい。心の準備はできている」

俺と宗助が何も言わないので、准さんは焦《じ》れたようにため息をついた。

「……もしかして、バンドのこと？　もしかしてだけれど、俺と宗助が、准さんを外して、違う人を入れるとか気にしている？」

准さんが肯いて、俺はまた宗助と顔を見合わせる。宗助の顔は、笑いを堪えている表情に変わる。

「そんなこと、なにも考えてなかったよ。この三人は変わらないでしょ？　別に、その都度連絡したらいいじゃない。もともと学校では、放課後しか会っていないよ」

「他の人って誰がいるの？　准さんと、来夢と、俺。それ以外は誰もいない。オカシイね、准さん。考え過ぎている」

宗助が笑い出した。俺も宗助につられて、笑い出す。

「ただの確認だよ。これからもよろしくってことで……」

准さんは後ろを向くと、自動販売機にお金を入れる。ボタンを押して、出てきた缶を俺に押し付けて、色の違う缶を宗助に押し付ける。冷たい感触。

「俺、これ大好きなんだよ」

宗助が目をさらに細くして喜ぶ。宗助の手には桃のジュース。俺の手にはココア。俺達が好きな飲み物だ。最近甘いものを減らしている准さんの手には、一〇〇パーセントのグレープフルーツジュースの缶。

「この自動販売機には、来夢と宗助の好きな飲み物が揃っているんだよね。前を通る度に、お前達の顔を思い出して困っていたからちょうど良かった。乾杯」

准さんが、照れたように缶を持ち上げた。

「乾杯」

俺達は、三人で缶をぶつけてから飲んだ。

成功した時もそうでない時も、きっとこうやって続けていく。続けていきたい。

# 隣を歩く

土曜日、開店前の貴重な一時間を利用して、『小春日和』の窓際の席で小夏さんと勉強をしている。

俺の目の前で、俺が誕生日にプレゼントした赤いペンを持って採点をしている小夏さんは、柔らかな日差しに包まれている。髪や頬や指が淡く光って、すごく綺麗だ。

その姿に目を奪われ、問題を解く手は何度か止まってしまう。

「労働の時間です。今日もよろしくお願いします」

コハルさんが、姿勢よく、颯爽と厨房に入っていく。

俺もアルバイトを始めるため、エプロンをしながらロッカールームを出ると、トイレ掃除をするらしい小夏さんが、バケツと掃除用具を用意していた。

「俺が代わるよ。さっき気が付いた、その手はどうしたの？」

袖で隠れていたが、小夏さんの手首に包帯が巻かれているのがチラリと見えた。勉強中に気が付いたが、言えずにいた。

「ああ、ちょっと火傷したの。昨日の夜、アニーさんとコハルちゃんと海鮮塩焼きそばを作っていたら、うっかり鉄板を触って、それで水膨れ。たいしたことないよ。コハルちゃんが大袈裟だからね」

小夏さんが、構わずトイレに入っていこうとする。

「いや、ダメだよ。俺がやるから」

後ろからバケツを取ると、振り向いた小夏さんは、目を少し大きく開いて俺を眺める。

「では、ご厚意に甘えますね。ありがとうございます。ちなみになのですが、エプロンは外して、トイレの掃除をしてください」

頭を下げて、小夏さんはカウンターに入っていく。

「なに、そのリアクション……」

「よく気が付くなあと思って。普通は気が付かないでしょう？　袖から見えないよ」

小夏さんは石鹸で手を洗おうと、腕まくりする。そうすると、腕までの白い包帯がはっきりと見える。

「気が付かなくても、そういう時に気が付くよ」

「そうかな？　田村くんはこのナットの穴から、世界を見るような感じだったのにな」

小夏さんは首元から下がっていた牛柄のリボンを引っ張って俺に示す。リボンには穴の開いた金属が通されていて、ネックレスみたいになっている。小夏さんの着ているトレーナーがダルメシアンの柄だったので気が付かなかった。

「二つの意味でなにそれ……。そのリボンとその工具みたいの、どうしたの？」

「昨日、すごく綺麗な格好のカップルが来店したの。これから彼のご両親とお出掛け予定だから、ネットで見て、この店に暇つぶしに寄ってくれた。でも、保育士の彼女は夜勤明けでどこか疲れていて、子供からもらったこの手作りネックレスをつけたままになっていた。服装に厳しい彼氏にダメ出しされていて、格好に似合わないって追及される様子が見ていられなかったから、仲裁に入ってみた」

小夏さんは、お客様をよく観察している。放っておけばいいのに、小夏さんもコハルさんもお客様にはやたらと気を遣う。

「そうしたら彼氏の方が、『お前みたいな女の方がこういう薄汚いガラクタが似合うよ。だから、お前にやる。捨てるのも面倒だから、これから一週間はずっと首から下げておけよ。チェックしに来るからな』そう言ってこれをくれたから、その通りにしている。一件落着して、ランチも『まあ、接客が高級店とは雲泥の差だけれど、あのドレッシングとソースはいいね』って褒められた」

小夏さんが客の声色を交えつつ話す。

お客様の中には、不快な人がいる。そういうのは受け流すしかない。当たり前だと俺も思っているけれど、小夏さんに対することは、特に、やっぱり許せない。

「田村くん、そんな顔しない。これは六角ナットⅢ種。子供が砂場から掘り当てた宝物なんだよ。こういうのが出てきてわくわくする気持ちはわかる。そしてネックレスにしたい気持ちもよくわかる」

小夏さんはナットの穴から俺を見るような仕草をする。穴には牛柄のリボンが通っていて見えないだろう。リボンでいっぱいになる、小さい穴。

「俺が言いたいのは、ナットの話じゃないよ。その男が……」

「ああいう男は、突発的な天候不良に遭遇して、嫌な言葉を紡ぐ口を偶然の天の恵みで洗い流して汚い口も身も心も綺麗になって、またお客さんとしてここに来てくれたらいい。あの人、結構たくさんお金を使ってくれたもの」

俺の顔を見て言い終えると、真面目な顔を崩して小夏さんが笑った。この顔を見ると、俺も笑うしかない。

「皮肉ばかりの小夏さん。それ、俺に渡して。俺の狭い視野がどんなか参考にしたいし、その客が来たら次は必ず、俺が対応する。小夏さんには、もう近寄らせない」

俺が手を出すと、小夏さんは俺の顔をまじまじと見る。

「会った時の田村くんと、今の田村くんは違うよ。今は、人の痛みを感じて思いやってくれるなんて、すごくきちんとしていて素敵。これからさらに素敵な人になるのかと思うと、とっても楽しみ」

「え……」

「じゃあ、これは今、十分素敵な田村くんに、私からのプレゼントとします。ありがとう。でも、私は大丈夫だよ」

小夏さんが自分の首からリボンを外し、俺の首にかける。

「前は前で反抗的で面白かったけど、私は今の田村くんの方が断然、好ましい。頑張っていることは、方向が違っても、趣向が違っても、全く無駄になることはないからね」

小夏さんは、手を洗い始める。

「……小夏さんは、さっきから何言っているの？　トイレ掃除、行ってきます」

抑えられない嬉しさを隠すため、下を向きながらエプロンを外すと、トイレ掃除に向かう。

俺のアルバイトが終わり、小夏さんと駅まで並んで歩く。

これから、四方さんの勧めで、初めて路上ライブに参加する。時間には余裕があるので、ガッツのために少し遠回りして川沿いまで来た。リードで繋がれたガッツは、俺達の少し前を四本の足を交互に出して機嫌が良さそうに歩いている。

路上ライブといっても、俺達はメインじゃなくて、新人として二曲歌って、後は手伝いばかりになる予定。出番はすぐ終わる。

きっと、真剣には聞いてもらえないだろう。自分達が未熟だと痛感するだろう。でも、今はワクワクしている。購買部のテーブルの上でも、道路の上でも、舞台でも、どこでも。三人で演奏したい。俺達の曲に足を止めて聞いてくれる人が、一人でもいて欲しい。

俺は、前と比べて幅広いジャンルの曲を聞くようになった。ギターもドラムも隙間を見つけて練習をするようになった。作曲も同じように続けている。俺が変わったわけではない、どれも俺には必要なことだから、やっているだけだ。

宗助はこのところ作詞に活かしたいと、あらゆる本を読んでは気になる言葉をメモするようになった。そして、四方さんからベースを教わり始めた。でも、予備校にはきちんと通う。変な律儀さと相変わらずのマイペースはちっとも変わらない。

進路が決まり、もう学校に来なくていい准さんは、『小春日和』でアルバイトの合間に歌とギターの練習をしている。それ以外の日は『２８★』で舞台の照明や音響のことを教わり始めた。彼女の冴果さんとはなんとなく続いているが、右手の薬指に指輪をすることは、あれ以来ない。

「路上ライブには行けないけど、頑張ってね。ねえ、コハルちゃんと話したんだけれど、いつか『小春日和』で静かなライブをやってよ。アコースティックギターで大人っぽくアレンジしてくれると、できると思うの」

小夏さんが、立ち止まったガッツのリードを揺らす。

「いいの？　それは、すごい嬉しいな」

「じゃあ検討しよう」

小夏さんが他の犬に寄っていくガッツに引っ張られて俺から離れていくのを追いかける。

昨日から、小夏さんの耳には、アニーさんからの『お小遣い』を初めて使って開けたピアスがくっついており、きらりと光る。小夏さんのファーストピアスの飾りは水色の石。誕生石は無視して、好きな色を選んだらしい。なにもかも、小夏さんらしい。

「あ、そこにも不審者の注意書きがある。ガッツが頼りになるのかわからないから、帰りは違う道を通ってよ。小夏さん、今度から俺をわざわざ駅まで送らなくていい」

俺が言うと小夏さんは首を振る。

「ダメ、成人した人間は、未成年者を守る義務がある」

「だから、小夏さんに守ってもらわなくても平気だよ。何回でも言うけど、小夏さんの方が危ない。それに、俺だって、あと五年ほど経ったら小夏さんと同い年」

「歳の差は埋まらない」小夏さんは俺の顔を見て即答する。

「だから、その、精神年齢は、すぐに並ぶ。ピアスを開けたのは俺の方が先輩だし、背だって三センチ伸びた」

居心地が悪くて、川面を覗く。少し遅れて、小夏さんが左隣で同じように覗いている。グレーの魚が泳いでいるのが見えた。魚の影は光に照らされ、川底を影の主よりも少し遅れて泳いでいる。魚の下にモヤモヤと煙のような揺らぎが見えた。水の中の煙を不思議に思って眺める。

「魚も食べたら排泄をする。生きている限りは絶対に必要だものね」

小夏さんが言ったので、揺らぎの正体がわかった。

「排泄って言うな。これ二回目」

「そう？　でも、綺麗だよね」

「そうだね」

俺の顔を見て、小夏さんは微笑む。

「あのね、子供の頃、母が帰ってこなくてテレビでドキュメンタリーを見ていた。それで、動物のことも植物のことも、高いお金で取り引きされていたまだらのチューリップのことや、それがウィルスの仕業だってことも、今では考えられない大型の昆虫のことも知ったの。ある日、その番組でアメリカバイソンのドキュメンタリーを見て、ああいう家族が欲しいと思った。すごく強く思った。自分がアメリカバイソンなら、近くに穴掘りフクロウの家族が住んで、楽しく暮らしているんだと思ったのね。憧れちゃって、家庭科の課題のエプロンにはアメリカバイソンのアップリケをつけた。でも、今はそういうの、ない」

「アメリカバイソンって何？　穴掘りフクロウって本当にいるの？」

「興味があるなら自分で調べたらいいよ。田村くんの知識になる。ねえ、あの人もあの人も、きっとお爺ちゃんとかお婆ちゃんとかを亡くしている。お母さん、お父さん、兄妹、子供、犬や小鳥。みんなが大事な存在を失っている。あのシルバーカーを押しているお婆さんなんて何人の大切な人の死を見送ったのかなあ」

小夏さんは川でなくて通りを眺めて言った。通行人は道路を挟んで、それぞれのペースで、それぞれの向かう方向に進んでいる。

「そういう考え、やめた方がいい。辛い時は、休んだらいいんだよ。何もしないでずっと寝ていたっていい。人の疲れを薄くはぎ取ってばかりで、自分が倒れたら意味がないことはわかるよね？　もっと、自分のことを考えて欲しい」

いつもと変わらず過ごして、食事もしっかり食べている。だが、小夏さんは少し痩せたし、どこか薄くて弱々しい。それが、心配で、怖い。

「疲れをはぎ取る？　それって、マッサージの仕事のこと？　心配はいらない。私は大丈夫だよ。でもね、最近、考えちゃうの。あの人もこの人も、みんなが誰かとお別れをして生きているんだろうなって思うと、苦しいけど温かい気持ちになる」

小夏さんの表情は透明で、それを見る俺はただ不安になる。

「話したこともないけれど、みんなが仲間なんだなって思える。みんな生きて、そしていつかいなくなるの。大事な人を残していなくなる仲間だよね」

小夏さんは眩しそうに目を細めた。

それを見て、何も言えなくて困った。いつか、いなくなる小夏さん。俺の胸元で揺れる、牛柄のリボンと六角ナットⅢ種に触れる。

「田村くんも、今の時間を十分楽しんでよ。早く大人にならなくていい。金髪やピアスも、もう少し我慢すればこそこそ隠したりしなくていいのに、なんでかなあ。贅沢だなあ」

俺の左の耳たぶを見て笑った小夏さんは、またガッツに引っ張られて歩き出した。

「金髪とピアスは好みなんだよ。我慢しているのが、俺の中では変なことなの。あんたよりも遅く生まれたのはどうにもできないけど、俺は年よりもしっかりしたいと思っている。あんたが俺を頼ってくれるようになりたい」

小夏さんの背中に毒づいた。小夏さんは振り向いて俺を見る。無感情に見えて温かい視線は、もうレントゲンみたいに俺の身体の中を通さない。

「あんたって言ったから罰金。このセリフは久しぶり。田村くんも大きくなった」

「そうだよ。俺は、小夏さんのことを、守れ……」

「やっぱり田村くんは穴掘りフクロウに似ているね。最初に見た時、思った通り」

俺の言葉をシャットアウトしながら、小夏さんが笑って歩いていく。

街路樹に止まっていたらしいハトが飛び立った。虹色の首を持つのは土鳩、茶色の波の模様を羽に持つのはキジバト、そんなことを教えてくれた小夏さん。

遮られた言葉を言葉にしようとして、やめた。代わりに違う言葉にすり替える。

「うるせーよ。……って、昔の俺なら言ったけど、今は言わないよ」

「田村くんは、そればっかり言っていたね。語彙が貧弱だったなあ」

小夏さんがまた笑う。その少し後ろを、俺は歩く。

ガッツの麦わら帽子と同じ色の毛皮も、くすんだピンクの首輪も、小夏さんの孔雀模様のスカートも、コートから少しだけ覗くダルメシアン柄のトレーナーも、黒だろうが黄色だろうが赤だろうがぶち模様だろうが、年寄りだろうが若かろうが、歳が離れていようが、関係がない。生きているものは全て綺麗だ。

「カフェタイムが終わったら、休みにしてコハルちゃんと夜の水族館に行くの。父と子のお出掛けって初めてかもしれない。それにね、手袋とマフラーは母が作ってくれなかったから買おうとしたら、コハルちゃんが編んでくれるって言うの。初めて編むから、本を買って空き時間に編み物を頑張っているけど、今年中にできるのかなあ。編み物で柄を入れるのって、すごく難しいんだよ」

　俺の方を向いて話していた小夏さんは、立ち止まって空を見た。

「コハルさん、時間があると編み物をしているのはそのせいか……。小夏さん、俺と二人で水族館に行ったよね。小夏さんはずっとシロワニを見ていた」

「田村くんはふて腐れて何も見ていなかった。誕生日の時に、シロワニの写真とぬいぐるみ、ありがとうね。あれ、部屋に飾っているよ。やっぱり、名前も含めて、シロワニが私は好き」

　前を向く小夏さんのスカートとガッツの尻尾がゆらゆら揺れる。

「また行こうよ。それと、小夏さんを飲みに連れていく。数年、待たせるけど、約束する」

「長い約束は苦手だからしない」

「俺が勝手に覚えていて、実行する。小夏さんは、覚えていなくていい。俺の勝手だから。俺はね、自分勝手なんだよ。でも、これからも直していく予定」

　前を見たまま、隣を歩く小夏さんはくすりと笑った。

　初めは憎らしく、今では愛おしい気持ちになるこの人に、幸福がたくさん舞い降りるように願う。

きっと今の俺を、未来の俺は懐かしく思い出すだろう。そして、誰かが、俺のことを懐かしく思い出してくれることを願う。

俺は、いつでも贅沢だ。

本作品は、第4回文芸社文庫NEO小説大賞の大賞を受賞した「ココロあるく」を改題したものです。

本作品はフィクションであり、実在の個人・団体などとは一切関係がありません。

文芸社文庫NEO

# 笹井小夏は振り向かない

二〇二一年十一月十五日　初版第一刷発行

著　者　青田風
発行者　瓜谷綱延
発行所　株式会社　文芸社
〒一六〇-〇〇二二
東京都新宿区新宿一-一〇-一
電話　〇三-五三六九-三〇六〇（代表）
〇三-五三六九-二二九九（販売）

印刷所　株式会社暁印刷



ISBN978-4-286-23173-0